KB260997

행복한 철학자가 건네준

일곱 개의 포춘쿠키

My seven fortune Cookies handed over by a happy philosopher

Copyright ⓒ 2006 by Book21 Publishing Group

일러두기

이 책은 John lubbock의 《The Pleasures of life》 I, II를 토대로 21세기북스에서
재편집한 책입니다.

행복한 철학자가 건네준

일곱 개의 포춘쿠키

원저자 존 러벅   옮긴이 윤영삼

21세기북스

차례

프롤로그_ 길에서 작은 철학자를 만나다

12 첫 번째 포춘쿠키

시간의 주인이 되세요
시간을 지배하는 사람은 자신을 지배하는 사람입니다

· 시간 사냥꾼 · 시간 속에 열정을 채우다 · 미루기 병

24 두 번째 포춘쿠키

오늘 친구를 위해 소중한 시간을 내어주세요
언젠가 우리가 외로운 순간 그들이 오늘을 기억할 것입니다

· 친구를 만난다는 것 · 우정 되돌아보기 · 어린왕자가 사랑한 장미꽃

36 세 번째 포춘쿠키

작은 것에도 감사할 줄 아는 그대는 진정 행복한 사람입니다

· 나는 행복한 사람 · 햇살만큼 밝아지기 · 두려움 비우기
· 마음의 표정 · 작은 행복의 기쁨 · 나를 행복하게 하는 것들

56 네 번째 포춘쿠키

거울에 비친 나를 보세요
그 안의 그대는 무한한 잠재력을 지닌 존재입니다

· 내 안의 씨앗 · 내면의 지도 · 성장통 · 꿈을 이룬 사람들

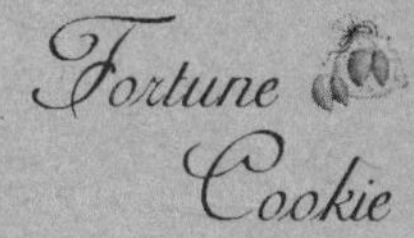

76 | 다섯 번째 포춘쿠키

배움을 멈추지 않는 한
그대는 늘 가능성을 품고있는 사람입니다

· 마르지 않는 지식의 샘 · 아낌없이 주는 나무 · 현미경으로 본 세상

92 | 여섯 번째 포춘쿠키

책에서 읽은 단 한 줄이 우리의 미래를 바꿀지 모릅니다

· 나만의 서재 만들기 · 고전의 마법 · 책 읽는 즐거움
· 철학자의 지혜를 엿보다

112 | 일곱 번째 포춘쿠키

여행은 우리가 미처 예상하지 못했던 길을 보여줄 것입니다

· 세상의 발견 · 자유를 향한 날개짓 · 토트가 들려준 철학자의 여행일기

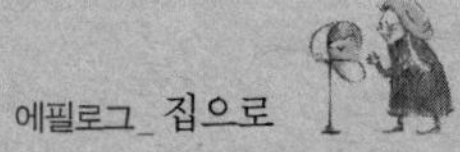

에필로그_ 집으로

• 특별한 포춘쿠키 하나_ 길에서 만난 행복한 철학자들
• 특별한 포춘쿠키 둘_ 비밀의 도서관에서 발견한 70권의 책

프롤로그

여행, 스물일곱째 날…

길에서 작은 철학자를 만나다

기차를 타고 6시간, 무거운 눈을 떠보니
나 혼자 덩그러니 기차 안에 남아 있었어.

도대체 모두 어디로 간거지?

난 지도에도 나와있지 않은 낯선 도시에 떨어진거야.
마치 어린왕자가 사막에 불시착한 것처럼 말이지.

얼마나 지났을까
정신없이 낯선 거리를 헤매다 문득 이상한 느낌이 들었어.
누군가 내 옆을 따라 같이 걷고 있다는 느낌.
고개를 돌렸을 때 하마터면 소리를 지를 뻔했어.
그는 신기한 모습을 하고 있었거든.

나는 알 수 없는 힘에 이끌리듯이 그를 따라가고 있었어.
그가 멈춘 곳은 거대한 정원이 아름다운 어느 성 문 앞.

그는 미소를 머금고 말문을 열었어.
"괜찮다면 오늘 하루는 이 성에서 묵어가겠어요?
대신 오늘 밤 향이 좋은 와인을 마시며 저의 말동무가 되어주세요."

사실 오랜 혼잣말에 지쳐있던 난
누군가 내 이야기를 들어주길 간절히 원하고 있었어.
그렇게 우리의 끝나지 않는 이야기가 시작되었지.

그에겐 신비한 매력이 있었어.
마치 엄마 품에 안겨 평화를 되찾은 어린아이처럼
난 그에게 무엇이든 털어놓고 싶었어.

지난 유년시절의 일들.
날 힘들게 했던 스무 살의 기억들.
그리고 지금 왜 이 여행을 하고 있는지에 대해서도 말야.

그날 밤 나는 아주 깊이 잠들 수 있었지.

다음날 아침.

침대 옆 탁자 위에는
편지 한 통과 일곱 개의 포춘쿠키가 놓여있었어.

To Dear Haru

짐은 이곳에 두고 가도록 하세요. 한결 여행이 즐거워질 테니.
우리의 이야기는 끝나지 않았어요.
당신에게 다시 두려움이 찾아올 때
일곱 개 포춘쿠키를 하나씩 열어보세요.
그 안엔 당신의 길을 밝혀줄 안내서가 들어 있을 거예요.
포춘쿠키를 여는 순간,
제가 다시 당신의 말동무가 되어 줄게요.

From 작은 철학자 Tott

지금 내 두 손 위엔

일곱 개의 포춘쿠키가 있다.

첫 번째 포춘쿠키

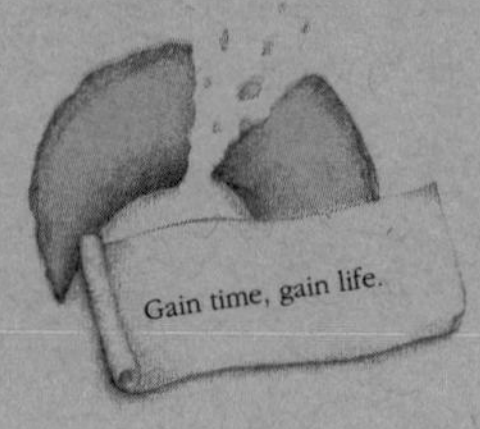

시간의 주인이 되세요.

시간을 지배하는 사람은

자신을 지배하는 사람입니다.

시간 사냥꾼

가장 현명한 사람이란 잃어버린 시간을 가장
슬퍼하는 사람이다.

○● 단테

아무리 뛰어난 재능을 가졌다 해도 시간에 기
대지 않으면 자신의 가치를 빛낼 수 없습니다. 친구든, 책이
든, 건강이든, 여행의 즐거움이든, 가정의 행복이든 그것을
누릴 시간이 없다면 아무 소용이 없습니다.

시간은 대개 돈에 비유되지만 사실 그 이상의 가치가 있
습니다. 시간은 곧 삶이고 인생이기 때문입니다. 하지만 인
생을 열심히 살고자 노력하는 사람이라 해도 시간을 낭비

하는 문제에 대해서 깊이 성찰하는 이는 그다지 많지 않습
니다.

정말 하고 싶은 일이 있는데 시간이 없다고 불평하는 사람
은 주변으로부터 나태한 사람으로 비춰지기 쉽습니다. 이들
에게 모자란 것은 시간이 아니라, 그 일을 하고자 하는 의지
이기 때문입니다.

지금 시간을 흘려버렸는가? 그렇다면 다시는 되찾을 수 없는 귀
중한 혜택을 잃어버린 것이다. 반대로 지금 시간을 유용하게 활용했
는가? 이는 어마어마한 이자를 되돌려 받을 수 있는 최고의 투자를
한 것과 같다.

○● 체스터필드 경

시간을 장악할 수 있는 사람은 자신의 행동도 스스로 선택
할 수 있습니다. 허영심 속에서 시간을 헛되이 날려버리면
결국 후회 속에서 계속 뒷걸음질만 치게 될 것입니다. 잠자
고 밥 먹고 옷을 갈아입고 운동하는 시간을 빼면 우리가 제

대로 쓸 수 있는 시간은 얼마되지 않으니까요.

겉보기에 나는 오십여 년을 살았지만 나 자신이 아닌 남을 위해
사느라 소모한 시간을 빼고나면 아직 이십 대에 불과하다.

○● 램

시간 속에 열정을 채우다

하루하루는 보내는 것이 아니라 내가 가진
무엇으로 채워가는 것이다.

○● 러스킨

우리에게 주어진 열정은 스스로를 빛나게 하여 삶을 훨씬 더 신나게 만들고 근심을 털어줍니다.

베이컨은 말했습니다. "나약한 사람은 열정이 없는 사람이다. 열정은 죽음에 대한 두려움마저 넘어서고 죽음을 극복한다. 불타는 복수심과 사랑이 죽음을 불사하듯이 말이다."

미국의 단거리 육상선수였던 윌마 루돌프는 다섯 살이 되기 전 성홍렬을 심하게 앓고 난 후 왼쪽 다리가 한쪽으로 휘기 시작했습니다. 의사는 윌마가 살아남더라도 걷지는 못할 거라고 말했지만, 그녀는 누구보다도 빨리 달리는 사람이 되고 싶었습니다.

결국 그녀는 24살이 되던 해 로마 올림픽에서 최초로 올림픽 3관왕을 차지하게 되었습니다.

당신은 열심히 살고 있는가. 바로 이 순간을 꽉 움켜쥐었는가. 당신이 할 수 있는 것, 아니면 당신이 지금 시작할 수 있는 것을 생각하라.

○● 괴테

나태한 사람은 자기 자신을 먹이로 삼는 사람입니다. 19세기 미국의 정치가 조지 힐라드는 언젠가 이렇게 말했습니다.

"어떤 풍자시에 사람을 낚는 악마가 등장한다. 악마는 먹잇감의 입맛과 기질에 맞게 낚싯밥을 준비한다. 이 낚시에 가장 쉽게 걸리는 사람은 바로 게으름뱅이들이다. 이들은 먹이조차 꿰지 않은 낚싯바늘도 덥석 문다.”

아무 소용없이 걱정만 하는 것은 시간을 축내는 일입니다.
이런 점에서 내일 일어날 일을 미리 걱정하는 것처럼 한심한
일도 없습니다.

나에게 주어진 삼십 분. 티끌과 같은 시간이라 한탄하지 말고,

그 동안이라도 티끌과 같은 일을 처리하는 것이 현명하다.

○● 괴테

식물들은 쉴 새 없이 활동하며 다음 해에 더 빠르게 피어
나기 위해 한 해 동안 빨아들인 영양분 중 일부를 복잡한 뿌
리 속에 저장합니다. 시간을 낭비하지 않고 늘 준비하는 것,
이것이 바로 행운의 자리를 미리 마련하는 방법입니다.

시간은 날개가 있어 그 소임을 다하면 시간을 만든 이에게로 다시
돌아간다. 돌아갈 때는 우리가 그 시간을 어떻게 썼는지 보고서를
가지고 올라간다. 아무리 기도해도 시간이 나르는 속도를 늦추거나

되돌릴 수 없다. 시간을 허투루 쓸수록 하늘에는 결국 자신에 대한 나쁜 기록만 쌓이게 된다. 그렇기에 우리는 시간이 좋은 보고서를 가지고 갈 수 있도록 해야한다. 빈손으로, 또는 해로운 정보를 가지고 날아가게 해서는 안된다. 시간이 좋은 메시지뿐만 아니라 선의 열매를 가지고 올라가 신과 나에 대해 담소를 나누는 모습을 상상해 보라! 얼마나 행복한가?

○● 밀턴

미루기 병

그대의 꿈이 한 번도 실현되지 않았다고 해
서 가엾게 생각해서는 안된다. 정말 가엾은
것은 꿈을 꿔보지 못한 사람들이다.

○● 에센바흐

우리는 꿈을 실현할 수 있는 시간을 다음으로
미루는 데 너무 익숙합니다. 그래서인가요? 내일의 행복을
위해 오늘의 기쁨을 짓누르는 것이 너무나 당연한 일이 되어
렸습니다.

기원전 3세기 테살리아의 철학자 시네아스는 이탈리아를
정복한 피루스 왕에게 이제 무엇을 할 것인지 물었습니다.

"나는 시실리를 정복할 것이다."

"시실리를 정복한 후에는 무엇을 하시렵니까?"

"그 다음에는 아프리카를 정복해야지."

"세계를 모두 정복한 다음에는 무엇을 하시겠습니까?"

"그때는 좀 쉬면서 행복을 누릴 것이다."

"그렇다면, 왜 왕께서는 지금 쉬면서 즐겁게 살지 않는 것입니까?"

행복은 멀리 있는 것이 아닙니다. 꿈을 실현할 수 있는 열쇠는 항상 우리 손에 쥐어져 있습니다.

일을 하면서 사랑과 경외심을 가슴 속에 품고있으면, 장미 꽃잎을 그리든, 절벽 사이의 계곡을 그리든 중요하지 않다. 위대한 목적이 있으면 몇 달 동안 캔버스에 고작 선 하나 긋든 하루 만에 궁전의 한 쪽 벽면을 그림으로 가득 채우든 중요하지 않다. 인내심을 발휘하며 느릿느릿 일을 하든, 서둘러 붓을 놀리든 중요하지 않다.

∘● 러스킨

　인간은 누구나 자신의 왕국을 가지고 있습니다. 그러나 진정한 의미의 왕국을 스스로 만드는 능력은 결코 타고나는 것이 아니죠. 사람은 누구나 자기 자신을 이겨내야합니다. 자신에 대한 믿음을 길잡이로 삼는다면 누구에게나 가능한 일입니다. 삶에 대한 열정을 지닌 자는 가난할지라도 고결할 수 있으며, 권세가 하늘을 찌르는 왕이나 위대한 천재의 삶일지라도 열정이 없으면 미천할 수 있습니다.

오늘 친구를 위해 소중한 시간을 내어주세요.
언젠가 우리가 외로운 순간
그들이 오늘을 기억할 것입니다.

친구를 만난다는 것

삶에서 우정을 잃는 것은 세상에서 태양이
사라지는 것과 같다. 우정은 신이 인간에게
내린 선물 중 으뜸이요, 이보다 더 즐거운
것은 없도다.

○● 키케로

　　사람들은 자신의 재산이 얼마인 줄은 정확히
알지만 친구가 몇 명인지는 잘 알지 못합니다. 우리는 가끔
친구를 선택하는 일에 너무나 무관심하거나 가볍기까지 합
니다. 하지만 아무리 뛰어난 능력을 지닌 자들도 기쁨을 함
께 공유할 사람이 없다면 무슨 소용이 있을까요. 친구를 마
치 백화점에서 옷을 고르는 것쯤으로 여기는 것은 행복과
불행을 전적으로 우연에 맡겨버리는 것과 마찬가지입니다.

우리는 우정을 통해 자신을 좀더 발견할 수 있고 진실되게
서로를 믿을 수 있습니다.

친구를 갖는다는 것은 또 하나의 인생을 갖는 것이다.

◦● 그라시안

삶의 행복은 함께할 동료와 친구를 얼마나 현명하게 고르
느냐에 따라 달라집니다. 그저 사람을 사귀는 것과 진정한
친구를 선택하는 일은 또 다른 문제입니다. 그러나 많은 이
들이 오로지 친구를 얼마나 많이 가졌느냐에만 관심을 기울
입니다. 이런 관계에는 단지 우정의 껍데기만 존재할 뿐입니
다. 중요한 것은 친구의 수가 아니라 단 한 명이라도 진정 나
를 걱정해주는 이를 만났는가 하는 것입니다.

친구와 고민을 함께 나누면서 사람은 자신의 생각을 세련되고 더
쉽게 전달하는 법을 배워나간다. 친구와의 대화를 통해 생각이 말로
표현되고 자신의 생각에 더욱 기름칠을 할 수 있다. 또한 한나절의

명상보다 친구와의 대화가 더 많은 것을 가르쳐준다. … 군중은 있어도 친구가 될 수 없으며, 수많은 얼굴이 있어도 벽에 걸린 그림에 지나지 않으며, 대화를 나눠도 사랑이 담기지 않은 시끄러운 소음일 뿐이다.

∘● 베이컨

우정 되돌아보기

인간이 육체를 가진 이상 애정은 언제나 필
요하다. 그러나 영혼을 깨끗하게 하고 성장
케 하기 위해서는 우정이 필요하다.

○● 헤르만 헤세

우리는 친구라고 해도 그 사람의 외모나 목소
리만 알고 있는 것일 뿐, 그들의 영혼이나 마음에 대해서는
알지 못하는 경우가 많습니다. 친구관계에 있어서 관계 유지
는 사귀는 일 못지않게 매우 중요합니다. 우정이 단지 밤에
이슬을 가려주는 천막에 불과해서는 안되며, 아무렇게나 행
동해도 되는 특권이 되어서는 더더욱 안됩니다.

한번 친구의 무덤가에 서서 진정으로 가까웠던 우정을 되돌아본 사람이라면, 한 줌 흙이 되고말 심장에 앞으로 더 빚질 일은 하지 않을 것이다. 무덤덤한 심장에 일시적인 기쁨을 주기 위해서, 부루퉁했던 자신의 행동에 이미 떠나버린 상대의 마음을 되돌리기 위해서 뒤늦게 쏟는 열정적인 사랑과 애달픈 슬픔이 얼마나 하잘것없는지 느껴본 사람은 결코 똑같은 잘못을 되풀이하지 않으리라.

∘● 아낙사고라스

로마시대의 장군 라일리우스와 스키피오는 진정한 우정이 무엇인지를 보여줍니다. 먼저 세상을 뜬 스키피오를 그리며 라일리우스는 이렇게 말합니다.

"스키피오는 내게, 정말 살아 있고 앞으로도 영원히 살아 있을 것이다. 그의 품성과 됨됨이를 진정 사랑하기에 결코 그의 곁을 떠나지 않을 것이다. … 재물과 시간이 내게 준 모든 것을 다 견준다 해도 스키피오와 나눈 우정만한 것은 없다."

친구를 사귈 때 그가 무엇을 가졌는지를 보지말고 그가 어

떤 사람인지를 고민하세요. 누군가를 친구로 맞이할 만한 축
복이 우리에게 있다면, 친구는 늘 곁에 함께 머물 것입니다.
멀리 떠난다하더라도, 아니 죽고난 이후라도 '추억의 방' 안
에 영원히 남아 있을 것입니다.

참된 우정은 앞과 뒤가 같다. 앞은 장미로 보이고, 뒤는 가시로 보
이는 것이 아니다. 그러므로 참다운 우정은 삶의 마지막 날까지 변
하지 않는다.

○● 류카이르

어린왕자가 사랑한 장미꽃

친구란 두 신체에 깃든 하나의 영혼이다.

○● 아리스토텔레스

살다보면 참으로 많은 사람들이 우리 곁을 스쳐지나갑니다. 그러나 그냥 스쳐가는 인연이 있는 반면, 어떤 이들은 오랜 시간 동안 우리 곁을 지켜줍니다.

우리는 그들을 '친구' 라는 이름으로 부릅니다. 오랜 시간 붙어 지내는 친구들을 보면 어쩐지 쏙 빼닮은 무언가를 발견하곤 합니다. 말투, 버릇, 글씨, 그리고 좋아하고 싫어하는 취향까지 말이죠. 그만큼 우정은 우리의 영혼에 상상할 수 없을 정도로 큰 영향을 끼칩니다.

취미는 바꾸어도 좋다. 그러나 친구는 바꾸지 말라.

◦● 볼테르

　우리는 친구를 대할 때 때때로 이기적인 마음을 품기도 합니다. 다른 친구와 있을 때 질투를 하기도 하고, 비밀은 반드시 나와만 공유해야한다는 욕심이 생기기도 하죠.
　하지만 진정한 우정은 소유하는 것이 아니라 친구의 장점을 다른 사람들도 알아챌 수 있도록 공유하는 것입니다. 보이지 않는 곳에서 서로를 걱정하고 칭찬하는 친구를 갖고 있다면 누구라도 당신을 부러워할 것입니다.

　나보다는 상대방을 생각하는 우정, 이러한 우정은 어떠한 어려움도 뚫고 나아간다.

◦● 무어

우리 주변에는 너무나 다양한 사람들이 있습니다. 그래서 우리는 그중에서 나와 잘 맞는 사람을 친구로 삼으려 하죠. 이렇듯 많은 사람들이 자신의 기준과 입장만을 고려할 뿐, 상대방을 이해하고 끌어안는 데에는 인색합니다. 타인을 평가하기에 앞서 스스로는 어떤 친구인지 생각해보세요.

사막에 떨어진 어린왕자는 지구별에서 새로운 친구들을 사귀게 되었지만 두고온 친구에 대한 책임감과 그리움으로 다시 고향별로 돌아갑니다. 어린왕자는 매일 장미꽃에게 물을 주고 햇빛을 비춰주었죠. 하지만 장미꽃은 항상 투정을 부리기만 했습니다.

그후 어린왕자는 새로운 장소에서 새로운 친구를 만나 잠시 장미꽃을 잊기도 했지만 결국 친구 사이에 져야할 '책임'이라는 의무를 다하기 위해 원래의 자리로 돌아갑니다.

우리 역시 아무리 깊은 우정을 나누는 사이라 할지라도 작은 서운함이 모여 가끔은 다투기도 하며 심지어 다시는 서로의 얼굴을 보려하지도 않습니다. 하지만 우정이란 인내와 이해가 만났을 때 비로소 커져가는 것임을 알아야 합니다.

좋은 친구가 생기기를 기다리는 것보다 스스로가 누군가의 좋은

친구가 되었을 때 진정 행복하다.

○● 러셀

작은 것에도 감사할 줄 아는 그대는
진정 행복한 사람입니다.

나는 행복한 사람

이 세상에서 참다운 행복은 남에게서 받는
것이 아니라 내가 남에게 주는 것이다.

○● 아나톨 프랑스

우리가 다른 이들에게 어떤 존재로 기억될지는
바로 우리 자신에게 달려 있습니다. 우리가 어떤 선택을 하느
냐에 따라 세상은 천국이 될 수도 있고, 악몽 그 자체가 될 수
도 있는 것입니다. 많은 이들이 항상 남보다 내가 적게 가진
것에 불만을 늘어놓지만 스스로 행복하다고 믿는 자들은 서로
나눌 때 비로소 자신도 행복해진다는 사실을 알고있습니다.

우리는 수없이 많은 사람들을 만나며 살아갑니다. 좋아하

는 사람들과의 행복한 만남만큼이나 어쩔 수 없이 이어나가야만 하는 관계도 있습니다. 그럴 땐 사람들 사이에서 한계를 느끼기도 하고 때로는 어디론가 숨고 싶다는 극단적인 생각마저 듭니다. 단테는 그럴 때마다 스스로를 마치 다른 사람을 대하듯이 차근차근 바라보아야 한다고 말합니다. 자신을 있는 그대로 바라봄으로써 단점을 인식하고 반성하게 될 때 비로소 타인의 단점까지 이해할 수 있기 때문입니다. 이것을 극복하지 않은 채로는 자신을 행복하게 만들 수 없다는 걸 명심하세요.

모든 것에서 긍정적인 면을 찾아낼 수 있을 정도로 행복이 체질화되어 있는 사람들이 있다. 위로나 위안을 전혀 찾을 수 없을 정도로 극심한 불행이란 없다. 사방을 둘러보아도 한 줄기 빛을 찾을 수 없을 만큼 칠흑 같은 어둠은 없다. 그리고 현명하고 유익한 목적에서 베일로 가려져 있어 눈에 보이지는 않지만, 저기 어딘가 태양이 있다고 생각하면 적어도 사람들은 위로를 얻을 수 있다.

○● 스마일즈

스스로를 '불행한 사람'으로 단정짓는 순간 우리는 정말 불행한 사람이 됩니다. 우리가 불행이라고 부르는 것들은 대개 그렇게 보이기만 할 뿐입니다. 비록 불행을 모두 비켜갈 수는 없지만 스스로 행복한 삶을 살 것인지, 불행한 삶을 살 것인지는 선택할 수 있습니다. 우리에겐 충분히 그러한 능력이 있습니다. 결국 모든 것은 마음먹기에 달려 있습니다. 어떤 일의 결과가 누군가에겐 위기가 되지만, 또 다른 누군가에겐 기회가 됩니다. 스스로 발전하기를 즐기는 사람은 작은 실패들을 당연한 배움의 과정이라 생각하며 한 걸음 전진합니다. 하지만 그 실패들을 다른 사람의 탓으로 돌려버리면 당신의 모습은 절대 개선될 수 없을 겁니다.

나 자신이 아닌 다른 어떤 것도 나를 해하지 못한다. 내가 입은 상처는 모두 나로부터 나온 것이다. 자신의 실수로 인한 고통이 아니라면 진정으로 고통받는 사람이라고 할 수 없다.

○● 성 베르나르도

햇살만큼 밝아지기

행복을 추구하는 것도 중요하지만 행복을 누
릴 자격을 갖추는 것이 더 중요하다.

○● 칸트

독일의 시인이자 극작가인 괴테는 가장 좋은 삶을 이렇게 말합니다.

"완전함, 선함, 아름다움이 단호히 조화를 이루는 삶."

인생은 분명히 밝고 재미있고 행복할 수 있으며 그래야만 합니다. 이탈리아 속담에는 "모두 광장에 살지는 못하더라도, 태양은 누구나 느낄 수 있다"는 말이 있습니다. 우리가 최선을 다하는 시간 동안에는 결과에 대한 의심을 떨쳐버려

야합니다. 우리의 시선이 단호하다면, 사소한 일들에 풀이 죽지 않는다면 눈에 보이는 모든 것들을 있는 그대로 이야기 할 수 있는 지혜가 생깁니다.

우리는 제각기 인생의 여행길에서 자신이 하는 일에 따라서 자연의 목소리를 기쁨의 노래로 만들 수도 있고 자연의 따뜻한 동정심을 차가움으로 똘똘 뭉친 무관심으로 되돌릴 수도 있다. 또한 자연의 은총을 먼지와 뿌연 바람으로 사라져버리게 할 수도 있다.

○● 존 러스킨

우리들은 아주 작은 소소한 행복들에 둘러싸여 있습니다. 매일 밤 포근하게 누울 수 있는 침대, 따뜻한 방 안에 나를 지켜주는 물건들, 우울할 때 기분을 달래주는 영화와 책들, 언제나 찾아갈 수 있는 친구와 가족들이 있기에 우리가 존재합니다. 그들은 우리의 생명력을 지탱해주고 살아가는 이유를 알려주는 소중한 존재들입니다. 만약 이러한 작은 행복을 놓치지 않고 느낄 수 있다면 진정 살아 있다는 사실만으로도 감사하게 될 것입니다. 이는 신께서 주신 눈부신 선물이기 때문이죠. 우리가 받는 괴로움의 대부분은 스스로 자초한 것들입니다. 의식적으로 의도하지 않았다 하더라도 말입니다. 일상에서 생기는 작은 다툼과 오해는 어쩌면 순발력 있는 재치와 유머만으로도 충분히 피해갈 수 있는 것들입니다. 혹시 상대방을 이해하기에 앞서 쌀쌀맞고 무뚝뚝한 행동을 한 적은 없는지 생각해보세요.

행복하지 않은 사람이 있다면, 이는 분명 자신의 잘못이다. 신은 모든 인간을 행복하도록 만들었기 때문이다. 진정 행복한 자는 주어진 것에 만족할 줄 안다. 자신이 선택한 것보다 신이 선택한 것이 항상 보다 나은 결과를 가져온다고 믿기 때문이다.

◦● 에픽테투스

두려움 비우기

뒤에 끌리는 옷자락이 길어질수록 날개는 점
점 작아진다. 큰 행복을 얻고자 한다면 불행
은 사소한 것일 뿐이다.

○● 베이컨

홍수가 다가온다는 사실을 미리 알고 괴로워

했던 노아처럼 아직 오지 않은 불행을 염려하느라 고통스

러워하는 사람들이 많습니다. 하지만 최선을 다했다면 조

급함을 버리고 차분히 결과를 기다리세요. 지나친 걱정이

결과를 바꿔주는 것은 아니니까요. 걱정이 많아지면 그만

큼 자신감도 줄어들 수밖에 없습니다. 부정적인 생각들은

원래 꼬리에 꼬리를 물고 늘어나게 됩니다. 일단 추진하고

있는 일에 대해서는 걱정보다 자신감을 키우기 위해 노력
하세요. 좋지 않은 결과를 미리 예상하게 되면 누구나 위축
되기 마련입니다.

인간은 모두 죽는다. 그렇다고 죽음을 걱정하며 노심초사하는 이
들은 참으로 어리석다. 하지만 많은 이들이 죽음을 두려워하며 살아
있는 시간을 낭비한다. 누군가 당신을 감옥에 가둔다면 그 상황에서
뭐라고 말할 것인가? 나는 이렇게 답하겠다.

'내 몸을 감옥에 가둘 수는 있지만, 내 정신은 신들의 왕 제우스
조차 가두지 못한다.'

∘● 에픽테투스

상상 속의 걱정으로부터, 또는 사소한 고민으로부터 자신
을 구하려다 진짜 불행에 빠지는 경우도 있습니다. 상상 속
에서 만들어내는 걱정처럼 부질없는 것도 없습니다. 이는 처
음부터 너무 큰 기대를 하거나 결과에만 집착하기 때문에 비
롯되는 것입니다. 작은 것에 만족하지 못하는 사람은 어떠한

것에도 만족하지 못한다는 에피쿠로스의 말처럼, 결코 완벽할 수 없는 것을 위해 애쓰다가 좌절하게 됩니다.

'쓸데없는 짐을 가득 짊어지고 여행을 떠나는 사람.'

바로 우리의 모습과 닮지 않았나요? 우리는 스스로 짐을 쌓고 그 무게에 짓눌려 삶을 불행하게 만들곤 합니다.

18세기 영국의 탐험가이자 작가였던 사무엘 헌은 자신의 여행기에서 여행을 떠난 지 며칠도 되지 않아 인디언 도적을 만나 짐을 모두 빼앗긴 사건을 기록하면서 이렇게 말합니다.

"짐이 훨씬 가벼워졌고, 덕분에 여행은 한결 즐거워졌다."

쓸데없는 고민으로 밤을 지새우는 우리는 《이상한 나라의 엘리스》에 나오는 백기사가 길을 떠나면서, 밤에 나타날지 모르는 쥐를 잡겠다고 쥐덫을 챙기고, 벌떼와 마주칠 때를 대비해서 벌통을 챙기는 모습과 크게 다르지 않습니다.

마음의 표정

행복한 사람이란 자신의 내면에 안식처가 있는 사람입니다. 삶을 원만하게 이끌어가기 위해서는 무엇보다 마음을 잘 써야 합니다. 간단히 말해 행복한 추억과 미래에 대한 기대감으로 마음을 충만하게 만드는 것입니다. 가능한 한 자책하지 말고 근심이나 걱정에서 벗어나기 위해 노력하세요.

우리의 내면은 어떤 생각을 품느냐에 따라 달라집니다. 남

을 해하려는 생각이나 이기적인 생각을 하는 사람은 마음의
빛깔이 그만큼 바랠 수밖에 없습니다.

마음의 평화는 때가 되면 찾아오는 것이다. 물이 스스로 자신을 정
화하고 고요함을 되찾듯이, 침묵을 지키는 것보다 마음을 정결하게
걸러내는 체는 없다. 마음의 정결함을 잃지 않으려면 늘 정결함을 유
지하기 위해 노력해야한다. 고요함을 잃지 않으려면 돌멩이 하나라
도 튀기지 않도록 조심해야 한다.

◦● 러스킨

마르쿠스 아우렐리우스는 황제 안토니우스의 성격을 묘사
하면서 인간에 대한 매우 유익한 교훈을 줍니다.
"황제 안토니우스가 행한 바에 비추어 모든 것을 행하라.
합리적인 이성에 기대어 일관성 있게 행동하는 그를 기억하
라. 어떤 것이든 공평하게 대하는 그를 기억하라. 안토니우
스의 경건한 마음가짐과 평온한 표정은 언제든 흐트러짐이
없다. 결코 헛된 명예를 탐하지 않으며 어떠한 것이라도 주

의 깊게 살펴본 후 명료하게 이해하려고 노력한다. 감정적으로 자신을 비난하는 사람이 있다 하여도 당한 대로 비난을 돌려주는 법이 없으며, 여느 때고 서두르지 않는다. 남을 헐뜯는 말에는 동참하지 않으며, 엄격하고도 공정한 몸가짐을 유지하고 단정한 언행에서 한 치도 벗어나지 않는다. 남을 비난하지 않는다고 해서 소심하거나 불신에 가득 차 있지 않으며, 또한 궤변을 일삼지도 않는다. 주거시설, 침대, 옷, 음식, 하인이 부족하다고 불만을 토하지도 않고, 늘 성실하고 인내심이 강하다. 음식을 탐하지 않으며, 친구들과의 우정은 굳건하다. 자신과 다른 의견도 존중할 만큼 언론의 자유에 대한 확고한 믿음이 있으며, 자신보다 더 나은 의견은 순순히 받아들이고 기뻐할 줄 안다. 미신을 신봉하지는 않지만 그 누구보다 신앙심이 깊다. 그의 이러한 면을 모두 본받는다면, 훌륭한 양심을 키울 수 있을 것이고 마침내 그와 같은 수준에 도달하게 될 것이다."

작은 행복의 기쁨

빵, 포도주, 과일, 우유처럼 우리의 일상을 채
워주는 소소한 축복들에서 익숙함의 장막을
걷어낼 수 있다면 그저 평범한 우리의 일상들
은 하나씩 의미를 얻게 될 것이다. 무엇이든
결코 하찮게 여길 수 있는 것은 없다.

○● 월터 페이퍼

우리는 너무 자주 불평을 합니다. 내 손에 있는
축복들이 아무리 부족함을 채워주고 따뜻하게 보호해줄지라
도 친구와 이웃들이 갖고 있는 축복들과 자연스레 비교하게
됩니다. 우리의 시선은 항상 자신이 갖고 있는 소중한 것들
보다는 타인의 것에 집중됩니다. 훗날 그런 작은 축복들이
사라지고 난 후 후회해보아야 이미 그들은 더 이상 우리 곁
에 있지 않을 것입니다. 그들이 축복인 이유는 항상 같은 자

리에서 스스로를 드러내지 않은 채 우리를 지켜주기 때문입니다. 행복을 찾고 싶다면 우선 주변의 소소한 축복들을 찾아보세요.

우리가 신으로부터 부여받은 일상의 축복이 흔하다는 이유로 경시되거나 무시되어서는 안된다. 우리는 순수한 눈으로 즐거움과 기쁨을 누리면서 신께 감사해야한다. 앞을 못 보는 장님이 강, 초원, 꽃, 분수를 보게 되는 순간, 이것이 바로 우리가 매일 누리는 축복인 것이다.

○● 아이작 월튼

현실을 있는 그대로 받아들인다면, 불행처럼 보이는 일도 좋은 일로 바꿀 수 있습니다.

19세기 독일의 과학자 헬름홀츠는 장티푸스를 앓고 나서 과학자로서 업적을 쌓기 시작했습니다. 1841년 그는 장티푸스로 인해 여름방학을 병원에서 보내야 했었죠. 병원의 지루함을 참을 수 없었던 그는 그 동안 모아 두었던 용돈으로 현미경을 샀고, 이것으로 이것저것 관찰하기 시작했습니다. 퇴원할 때는 이미 이 작은 기계로 관찰하여 축적한 자료가 상당한 상태였습니다.

마르쿠스 아우렐리우스는 우리가 난관에 빠질 때마다 아무리 어려운 일이라도 견뎌내면 불행이 아니라 행운이 된다는 진리를 명심하라 충고합니다. 우리를 진정 고통스럽게 하는 것은 화나고 초조하게 만드는 대상이 아니라, 쉽게 화내고 고민하는 자신입니다. 아무리 큰 불행이 닥쳤다 하더라도 이를 슬퍼하며 한탄하는 것은 더욱 상황을 악화시킬 뿐입니다.

우리 집에 도둑이 들었다. 어떻게 되었을까? 많은 것을 훔쳐갔지만 여전히 해와 달, 불과 물, 사랑하는 아내와 나를 위로해줄 친구들을 남겨놓았다. 나를 위로하는 많은 것이 여전히 남아 있고, 나는 여전히 그들과 이야기할 수 있다. 아무리 큰 도둑이 들어도 내 즐거운 표정과 기쁨에 찬 영혼은 가져가지 못할 것이다. … 혹시 즐거움과 기쁨을 누리기 위해 이러저러한 거창한 이유를 필요로 하는 사람이

있다면, 그는 쉽게 슬픔에 빠질 위험이 있다. 거대한 행복만을 찾는
자는 스스로 가시덤불 위에 앉기를 자처하는 것이다.

∘• 제레미 테일러

나를 행복하게 하는 것들

People 나를 좋아해주는 사람들 :

내가 좋아하는 사람들 :

내가 기억하는 추억 속의 사람들 :

친구가 되고 싶은 사람들 :

Room 내 방 안 물건들 :

Music 나를 매료시킨 음악 :

우울한 나를 위로해 주는 음악 :

Book 나를 일깨워준 고마운 책 :

추억이 묻은 오래된 책 :

Picture 소중한 사진들 :

Movie 내 생애 가장 감명받은 영화 :

내게 용기를 준 영화 :

이 모든 것들이 나를 웃게 하는 소중한 것들입니다.

거울에 비친 나를 보세요.
그 안의 그대는 무한한 잠재력을
지닌 존재입니다.

내 안의 씨앗

위대한 사람이란, 군중 한 가운데에서도 고
독의 평온함과 달콤함을 온전히 누리는 사람
이다.

○● 애머슨

우리는 가치 있는 조언에 늘 귀 기울이고 따라
야 합니다. 스스로 방황하도록 방치하는 것은 단순한 게으
름이 아니라 자신에게 죄를 저지르는 것입니다. 기억하세
요. 누구보다도 든든한 조언자는 우리 안에 있습니다. 자기
내면의 목소리에 귀만 기울여도 충분히 원하는 곳을 향할
수 있습니다.

인간은 집으로, 해변으로, 산 속으로 도망가고 싶어한다. 당신 또한 그렇다. 하지만 이는 인간이라면 누구나 가지고 있는 공통된 특징이다. 언제든 자기 내면으로 숨어버리는 것은 자기 마음먹기에 달려 있기 때문이다. 인간에게 있어 자신의 영혼보다도 더 평온하고, 문제를 피할 수 있는 곳은 존재하지 않는다. 자기 내면을 바라보면서 그러한 생각을 하는 사람들은 그 순간 온전히 평온함을 구할 수 있다.

◦● 마르쿠스 아우렐리우스

여전히 무엇을 해야할지 자신할 수 없다면, 다음날 아침 눈을 떴을 때 무엇을 소망하게 될지 미리 생각해보세요. 그것이 지금 해야할 일이라고 스스로 납득시키는 것도 좋은 방법입니다.

19세기 위대한 시인이자 비평가인 매튜 아놀드는 이렇게 말합니다.

"스스로 붙박인 채, 아무런 주목도 끌지 못하지만, 신의 다른 작업이 어디까지 왔든 개의치 않고 별은 자신에게 주어진 소임에 온힘을 다한다. 이것이 바로 당신이 바라는 위대한 삶으로 이끄는 힘이다."

어떠한 결과든 몇몇 단순한 결심이나 특수한 상황에 의해 결정되는 것이 아니라, 평상시 얼마나 꾸준히 준비했느냐에 따라 결정되는 것입니다.

전쟁이란 대개 싸우기 전에 이미 승패가 결정되기 마련이죠. 열정을 제어하고자한다면 자신의 습관을 먼저 다스려보세요. 하찮은 듯 보이는 일이 어쩌면 가장 중요한 일일 수 있습니다.

고대 흰두교의 전설에서 아미는 자신의 아들에게 이렇게 묻습니다.

"이 나무가 맺은 열매를 가져와 깨보아라. 무엇이 있느냐?"

"조그만 씨앗들이 있습니다."

"그 씨앗 중의 하나를 깨보아라. 그 안에는 무엇이 있느냐?"

"아무것도 없습니다."

"아이야, 네가 아무것도 발견하지 못한 바로 거기에서 튼튼한 나무가 생겨난단다."

이 세상에 진정으로 작다고 할 수 있는 것은 없습니다.

섬이 대륙에서 떨어져 나간 것이 아니라, 섬이 모여 대륙을 이룬
것이다.

○● 베이컨

내면의 지도

절망으로부터의 유일한 피난처는 세상으로
자아를 내동댕이치는 것이다.

ᵒ● 톨스토이

　　이탈리아 속담에 "빛이 있는 곳에 기쁨이 있
다"는 말이 있습니다. 더 나은 미래의 순간을 기대하는 사람
은 스스로를 조절할 줄 알고, 자신이 가진 장점에 대해 감사
하고 즐기는 사람입니다.

　　초기 색슨 시대 노섬브리아의 왕 에드윈에게 한 사절이
찾아와 자신의 설교를 들어달라고 청했습니다. 왕은 귀족과
사제들을 불러모아 놓고 그의 설교를 들어야하는지 말아야

하는지 논의를 시작했습니다. 왕은 의심이 많았습니다. 마침
내 나이 많은 귀족 한 사람이 일어나 말했습니다.

"왕이시여, 제가 추운 겨울날 저녁에 거실에서 친구들과
함께 식탁에 앉아 저녁을 먹고있었습니다. 거실은 타오르는
장작불로 환하고 따뜻했지만, 밖은 눈과 비가 사납게 몰아치
는 어둡고 황량한 밤이었습니다. 가끔씩 한쪽 작은 창문으로
제비 한 마리가 들어와 거실을 가로질러 반대편 창문을 통
해 날아가는 일이 있었습니다. 우리는 잠시 날아가는 제비를
바라봅니다. 하지만 우리는 제비가 어디에서 왔는지, 어디로
날아가는지 전혀 알지 못합니다. 그저 폭풍 치는 암흑 속에
서 날아들어와 암흑 속으로 날아갈 뿐입니다. 우리 사람의
인생도 마찬가지입니다. 지금 우리 인생이 따뜻하고 밝고 얼
마되지 않는 공간으로 보이지만 우리 삶 이전에 무엇이 있
었는지, 우리 삶 이후에는 무엇이 올지 알지 못합니다. 그렇
기에 그가 우리 앞에 지나가버린 어둠과 앞으로 다가올 어
둠에 대해 알려줄 수 있다면, 한번 들어보는 것이 좋을 듯합
니다."

우리는 끊임없이 '나'라는 존재에 대해 풀리지 않은 의문을 안고 살아갑니다. 더군다나 다가올 미지의 시간들에 대한 두려움으로 인해 용기마저 사그라집니다. 하지만 지금의 모습은 지난 시간 우리들 자신이 만든 모습입니다. 몸은 몇 년 안에 자라기를 멈추지만 자아는 눈을 감는 순간까지 성장을 멈추지 않습니다. 당신에게 성장의 욕구가 있다면 말이죠. 어떠한 고뇌에 휩싸여 있다는 것은 스스로 발전하기를 희망한다는 신호일지 모릅니다. 발전하기를 두려워하지 않을 때, 지금은 우리에게 버거워보이는 문제들이 하나씩 해결되면서 한 걸음 앞으로 나아갈 길이 열릴 것입니다.

우리들이 어디를 가든 무엇을 하든 우리들의 한 가지 연구대상은 바로 자기 자신이다.

○● 애머슨

성장통

장차 우리에게 나타날 영광에 비추어보면 지
금 우리가 겪고 있는 고통은 아무것도 아니
라고 생각합니다.

○● 바울

많은 이들이 젊음이라는 시간이 하루하루 소
멸해가면 즐거움도, 희망과 열정도 점차 기억의 저편으로 사
라져간다고 생각합니다.

나이 든다는 것을 그저 시간의 흐름과 함께 자신의 가치가
줄어드는 것으로만 생각하는 이들도 있습니다. 남아있는 열
정은 점점 약해지면서 말이죠. 하지만 우리는 시간이 흐르는
과정 속에서 평화로운 즐거움을, 미처 몰랐던 그 무언가를

얻게 될지도 모릅니다.

너무나 격렬해서 끝까지 잊혀지지 않는,

지나고 나면 더욱 격렬해지는 기쁨이

우리 삶을 가득 채우고있네.

◦● 몽고메리

젊음의 즐거움은 열정과 강렬함 이면에 걱정과 불안의 얼굴을 가지고있기 마련입니다. 우리가 지나쳐온, 그리고 지나갈 앞으로의 시간들은 저마나 나름의 의미를 지니고 있습니다. 그것을 발견하는 것이 우리의 몫입니다.

키케로는 젊음의 열정이 사라지는 것은 곧 자아의 성장을 포기하는 것과 다름없다고 말합니다. 연약한 자아는 늘 불안과 가깝게 있어 모든 일에서 스스로를 점점 더 멀어지게 합니다.

스베덴보리는 천사들이 오래 살수록 점점 더 젊어지는 것은 늘 아이처럼 싱싱한 마음과 꿈을 간직하고 살기 때문이라 말합니다.

꿈을 위해 노력하는 사람들을 살펴보세요. 그들에겐 나이와 환경이 주는 한계 따위는 전혀 문제가 되지 않습니다.

사람은 세상의 태양이다. 진짜 태양보다 더 중요한 태양이다. 그 놀라운 마음속 불꽃은 측정하고 가늠해볼 만한 유일한 빛이자 열기이다.

○● 애머슨

우리 삶은 신비로 둘러싸여 있고, 이 세상은 무한한 우주에 떠 있는 한 점에 불과합니다. 우리 한 사람이 사는 기간뿐만 아니라, 인류 전체가 살아온 시간을 통틀어도, 영원한 시간의 어느 한 순간에 불과할 뿐이죠. 그렇기에 우리는 어떠한 근원도 상상할 수 없고, 결과를 정확히 예측했다고 단언할 수도 없습니다. 하지만 문제의 실마리를 풀 수 있는 열쇠가 무엇인지 끊임없이 파헤치고 지혜를 가꾸는 일은 위대한 발견을 향한 작은 한 걸음이 될 것입니다. 성장은 느릴 수도 있고, 빠를 수도 있습니다. 늘 노력하는 당신에겐 반드시 도약의 순간이 찾아올 것입니다.

변화에서 오는 불안과 고통은 완전한 행복과 어긋나 보이지만, 지루한 단조로움만 있다면 행복하기보다는 무료하기만 할 것입니다. 우리가 세상에서 획득하는 아름답고 흥미로운 모든 것들은 세상의 수많은 가능성 중에서 극히 소수에 불과합니다.

불행하지 않은 것이 불행이다.

그리고 고통을 모르는 것이 고통이다.

사리분별 있어지는 최선의 길은

역경을 경험하는 것이다.

대상의 진면목을 보여주지 않는

행운이 가져다주는 모든 것을 통해서보다

불행의 전문가적인 손길을 통해서

사람들은 무엇이 잘못되었는지 더 잘 알게 된다.

°● 다니엘

스마일즈는 말합니다. "인생 전체가 경험을 통해 깨달음을 주는 훌륭한 학교라 할 수 있다. 그리고 그 학교의 학생은 이 세상 모든 남성과 여성이다. 학교에서와 마찬가지로 그곳에서 배우는 교훈들 가운데 상당수가 믿고 따르길 바란다. 우리는 그것들을 이해하지 못할 수도 있다. 그리고 우리가 그것들을 배워야 한다는 것을 어렵게 생각할 수도 있다. 특히 그곳에서의 스승은 다름 아닌 시련과 슬픔, 유혹, 난관들이기 때문이다. 하지만 그러한 교훈들을 받아들여야 할 뿐 아니라 그것들을 신이 정해주신 것으로 인식해야 한다."

꿈을 이룬 사람들

창조에서 반드시 있어야 할 것은 새로움이
다. 그러므로 우리는 기존의 잣대로 그것을
판단해서는 안된다.

○● 칼 로저스

우리가 지금 누리고 있는 많은 문명의 이기들
은 불가능하다고만 여겼던 시절에 단 한 사람이 품었던 가능
성으로 빚어낸 위대한 결과물입니다. 새로운 발견들에 대한
한계를 두는 것은 바람직하지 않습니다.

밤에는 해가 어떻게 되는지, 매일 뜨는 해가 항상 똑같은
지 옛 선인들에게 물어보면, 그것은 인간이 절대 알아낼 수
없는 질문이라고 말합니다.

콩트는 1842년 천체에 대해 이렇게 이야기합니다.

"우리는 천체의 모양, 거리, 크기, 움직임을 알아내고 싶어 한다. 하지만 우리는 절대 천체의 화학적 성분이나 광물적인 구성에 대해서 알아낼 수 없다."

하지만 불가능하다고 여겼던 이 문제가 몇 년 뒤에 실제로 풀렸고, 가능성에 대한 한계를 두는 것이 얼마나 부질없는지를 보여주었습니다.

머리로 생각하고 가슴으로 믿으면 무엇이든 이룰 수 있다.

○● 나폴레온 힐

유리용기 안에 탄소봉을 넣고 전류를 흘려보내면 탄소가 강렬한 빛을 내며 탑니다. 모두들 빛이 너무 뜨거워 유리가 터져버리기 때문에 실용성이 없다고 판단했습니다. 에디슨이 가능성을 발견하기 전까지 말이죠.

에디슨은 탄소막대를 최대한 가늘게 만들면 빛은 나면서도 열은 나지 않을 수 있다고 생각했습니다. 이는 어쩌면 사소한 생각의 차이에서 비롯된 발견일 수 있습니다. 스완과 레인폭스를 비롯한 위대한 과학자들이 이뤄낸 발명들도 모두 이러한 사소한 발견에서 비롯된 것들이었습니다.

19세기가 처음 시작할 때 험프리 경은 웃음가스라는 것을 발견했습니다. 이 기체는 통증을 전혀 느끼지 못하게 하면서도 건강에 아무런 해를 미치지 않는 것으로 밝혀졌습니다.

실제로 이 가스로 마취시키고 치아를 뺐을 때에는 전혀 고통을 느낄 수 없었습니다. 이러한 사실은 화학자들에게 알려졌고 그들은 큰 병원의 의사들에게 가스의 효능을 설명했죠.

하지만 이러한 웃음가스를 이용해 환자를 치료한 사례는 한 건도 없었습니다. 수술은 계속 이전과 똑같은 방식으로

진행되었습니다. 환자는 여전히 소름끼치는 잔인한 고문을 받는데도 말이죠.

우리가 15세기경에 발명되었다고 여기는 인쇄기술은 실제 그보다 훨씬 이전에 로마인들이 스탬프를 찍은 것에서부터 비롯되었다고 합니다. 하지만 사람들은 인쇄기술의 발명 시점을 로마인들의 스탬프에 두지 않습니다. 여기는 사소하지만 매우 중요한 차이가 있습니다. 15세기의 인쇄술은 로마인들의 단어별 스탬프의 비효율성을 넘어 글자 하나하나를 별도의 스탬프로 분리하여 만들었기 때문입니다. 이것은 실제 엄청난 변화를 몰고 왔습니다.

지금 우리 눈앞에 단순하지만 위대한 또 다른 발견이 놓여 있을지도 모릅니다. 아르키메데스는 자신에게 서 있을 자리만 주면 지구라도 움직여보이겠다고 말했습니다. 한 가지 사실은 다른 사실로 이어집니다. 하나의 발견은 다른 발견을 가능케합니다.

가능성을 품기 시작하는 순간 우리가 전혀 예상치 못했던 일이 벌어질 것이다. 강력한 이성의 힘이 발휘됨으로써 지금까지 인간의 두뇌가 일궈낸 모든 발전보다도 훨씬 많은 변화가 광범위한 영역에서 벌어질 것이다. 우리는 그 변화를 과연 짐작이나 할 수 있을까?

○● 허셸

다섯 번째 포춘쿠키

배움을 멈추지 않는 한
그대는 늘 가능성을 품고있는 사람입니다.

마르지 않는 지식의 샘

젊을 때에 배움을 소홀히하는 자는 과거뿐만
아니라 미래도 잃어버린다.

◦● 에우리피데스

베이컨은 배움에 대해 이렇게 말합니다. "배우고자 하는 것은 쉴 수 있는 의자를 찾는 것도, 홀로 산책하기 좋은 회랑을 찾는 것도, 사람들을 내려다볼 수 있는 높은 탑을 찾는 것도 아니다. 창조자의 영광과 삶의 소중함을 이해하고, 이를 표현할 수 있는 풍요로운 문장과 귀중한 보물을 얻고자 함이다."

우리에게는 조금 더 넓게 세상을 바라보는 안목이 필요합니다. 특히 인생을 시작하는 시점에서 배움의 편식은 훗날 걸림돌이 될 수 있습니다. 배움의 첫 단계는 스스로 즐거워하는 일을 발견하는 것입니다. 로마의 정치가 플리니우스도 배움의 달성은 그 즐거움에 있다고 말합니다. 또한 고대 그리스의 시인 테오그니스는 뮤즈의 노랫말 속에서 이렇게 말합니다.

"훌륭하고 아름다운 것은 우리의 관심을 받게 될 것이요. 훌륭하지도 아름답지도 못한 것은 지루함과 부담, 걱정만을 줄 것이요. 그렇게 우리 입술은 끊임없이 불평만 할 것이라네."

고귀한 사상을 몸에 지니고 있는 사람은 결코 고독하지 않다.

∘● P. 시드니

지식을 얻는 것이 지루하고 피곤한 일이 되어버린다면 지식에 대한 순수한 열정은 금세 메말라버리고 맙니다. 그러므로 살아가면서 어떤 직업을 갖게 되든, 그와는 별개로 자신만의 특별한 관심사를 갖는 것이 좋습니다. 가슴속 깊이 간직한 관심사는 그 관심분야가 무엇이건, 무엇을 선택하건 간에, 일생을 걸쳐 그렇게 소비한 시간만큼, 아니 그 이상의 시간만큼의 가치가 보람으로 돌아올 것입니다.

자신의 부족함을 깨닫는 것이 지식의 첫걸음이다.

○● 바이런

삶은 분명 축복과 즐거움으로 가득차 있지만, 근심, 걱정, 고통, 슬픔이 닥쳐올 시간도 미리 예상하고 대비할 줄 알아야 합니다.

밀은 이렇게 말합니다.

"내가 말하는 교양 있는 마음이란 철학자의 마음을 의미하는 것이 아니다. 지식의 샘이 마르지 않으며, 자신의 능력을 펼칠 수 있을만큼 최대한의 수준까지 배우고 연마한 마음을 의미하는 것이다. 자연에서, 예술작품에서, 시인의 상상력에서, 역사적 사건에서, 인류가 살아가는 모습에서, 과거와 현

재에서, 미래에 대한 전망에서 관심과 흥미가 끊임없이 솟아
날 것이다. 사실 이러한 것에 전혀 관심을 두지 않고 살아도
상관없고, 괜히 귀찮게 힘을 낭비하지 않아도 된다. 하지만
이는 처음부터 인생이나 세상에 대한 관심이 전혀 없거나,
호기심을 단순히 충족시켜야할 대상으로 생각할 때만 가능
한 일이다."

배우는 일을 사랑할 수만 있다면, 배움은 자연스레 따라오
기 마련입니다.

진실이 충만한 곳에 서 있는 것만큼 큰 기쁨은 없다.

○● 베이컨

아낌없이 주는 나무

초원의 풀에 우리가 얼마나 많은 것을 빚지고 있
는지 생각해보라. 무수한 풀들이 시커먼 땅바닥을
눈부시게 빛내며 부드럽고 평화로운 들판으로 뒤
덮었다! 잠시만이라도 시간을 내어 그들의 언어를
이해하기 위해 노력하라.

○● 러스킨

자연이 위대한 이유는 우리에게 굳이 설명하려
들지 않아도 있는 그대로 좋은 가르침을 주기 때문입니다.

우리는 작은 식물의 짧은 삶 속에서 우리의 모습을 발견하
기도 합니다.

두 개의 똑같은 강낭콩이 있습니다. 좋은 거름과 보호 속에
자라난 강낭콩은 단 하루 강렬한 태양을 본 순간 시들고 말았
습니다. 반면 땅에 떨어져 홀로 살아가야했던 강낭콩은 비록

좋은 거름을 먹지는 못했지만 환경에 대처하는 법을 스스로 터득할 수 있었고 적은 양의 물과 영양분에도 건강하게 자라날 수 있었습니다.

우리가 알고 있는 언어는 세상의 극히 작은 일부에 불과합니다. 지금 꽃과 나무들의 언어와 몸짓을 읽어보세요. 그리고 그들에게 당신만이 알 수 있는 이름을 붙여 주세요.

자연은 마치 경이로운 대성당과도 같아서 태양과 달은 꺼지지 않는 등불이 되어주고, 천둥의 반주에 맞춰 바람과 파도가 노래하고, 하늘은 높고 둥근 지붕이 된다.

◦● 러스킨

허드슨과 고세는 자연이 주는 신비함을 이렇게 묘사합니다.

"에이번 강가에는 작은 골짜기가 있는데 그 바닥에는 오래된 연못이 하나 있다. 골짜기에는 너도밤나무와 전나무가 빼곡히 들어차 있어 연못은 모두 숲으로 가려져 있고 남쪽은 훤히 열려있다. 늘 어둑하던 연못은 오후가 되면 햇살이 듬

83

뻑 들어온다. 골짜기 꼭대기에서 솟아나는 맑은 샘이 버들밭을 거쳐 연못으로 흘러든다. 골짜기에서 굴러 내려온 단단한 돌덩이들이 벽을 쌓아, 물이 밖으로 새어나가지 않도록 자연스레 막아준다. 간혹 유난히 낮은 돌벽을 통해 물이 넘치면 조그마한 수로를 따라 더욱 낮은 농지로 흘러나가기도 한다.

골짜기 위에 위치한 오두막에서 우리는 사냥터 관리인을 따라 연못에 가기로 했다. 낮은 곳의 농지를 통과해 돌벽을 막 돌 때까지만 해도 연못은 전혀 보이지 않았다. 이렇게 돌벽을 돌아 한걸음 내딛자 아무런 장애물 없이 연못이 한눈에 들어왔다.

연못의 안쪽 깊숙한 곳에서는 청둥오리가 버드나무 사이로 새끼들을 이끌고 헤엄쳐 다니고, 오래된 너도밤나무 둥치가 반쯤 연못에 잠겨있다. 들쥐가 오른쪽 귀를 문지르면서 몸을 곤추세운 채 서 있고, 전나무 껍질 조각들은 밟힐 때마다 큰 소리로 우리에게 말을 걸어온다.

물쥐들이 경계하는 눈빛으로 우리를 흘낏거리며 둑에 쥐구멍을 파고 있는 모습도 볼 수 있다. 사방이 고요한 가운데,

물쥐들이 부스럭거리는 자그마한 소리만 들려온다. 청둥오리는 이미 오래 전에 어디론가 숨어버렸고, 다람쥐들은 더 이상 나무껍질을 벗기지 않는다. 살아 있는 것들의 기척은 어디에서도 느껴지지 않는 진정으로 적막한 연못이 되었다.

하지만 세심하게 관찰해보면, 아주 조그마하지만 분명히 살아 있는 것들이 물 아래에서 움직이고있는 모습을 볼 수 있다. 우리가 이전에는 전혀 알지 못했던 세상이다! 우리는 이상한 생명체로 가득한 이 신기한 왕국을 발견해낸 것이다. 머리카락 같은 것으로 헤엄치며, 검붉은 루비색의 눈이 목 위에 붙어 있는 듯하고, 몸속에 숨기고 있는 팔다리를 펼치면 몇 배 이상 길게 늘어나는 신기한 생명체다. 어떤 것들은 닻같이 생긴 발을 가지고 있어 어디에든 달라붙어 흐늘거리며 머물 수 있는 듯하다. 유리처럼 투명한 갑옷을 입고 반짝이기도 하며, 날카로운 창이나 툭 튀어나온 돌기처럼 생긴 것으로 무장을 하고 있거나 날렵한 곡선이나 유선형 껍질로 장식을 한 것도 있다. 어떤 것들은 메꽃이 피어난 큰 수풀 줄기에 붙어 있어 아마도 메꽃을 좋아하는 것 같고, 어떤 것들은 보이지 않는 힘으로 컵처럼 생긴 입 안으로 끊임없이 먹잇감을 집어넣는다. 그 투명한 몸 안에 낚싯바늘처럼 생긴 턱이 열심히 움직여서 먹잇감을 소화하기 쉽도록 잘게 찧는 모습을 볼 수 있다.

더 가까이 다가가면 얇은 막처럼 생긴 심장을 볼 수 있다. 이는 아마도 정교한 톱니바퀴 장치처럼 네 개의 뻗어나온 사지를 움직이게 하는 듯 보인다. 산 것이나 죽은 것이나 아주 조그마한 것들이 사슬처럼 연결되어 그들 몸을 휘어감기도 하고, 고리를 만들어 꽃잎 뒤에 갈라진 틈에 고정시켜주기도 한다. 그 몸 안에서 무슨 일이 일어나는지는 너무 작아서 관찰할 수 없다. 어떤 생명체들은 어디론가 달음박질해서는 어느 순간 사라져버리곤 한다.

보다 더 바싹 접근해보면, 바닥에서 천천히 움직이고 있는 젤리같은 덩어리들도 볼 수 있다. 형체를 정확히 분별할 수 없는 팔을 뻗어 자신이 원하는 곳으로 움직이며, 사지를 모두 움직여 먹잇감을 자기 쪽으로 끌어당긴다. 먹잇감이 된 희생물을 무언가로 돌돌 감아 움직이지 못하도록 해놓고 내킬 때마다 조금씩 먹어치운다. 이들은 발이 없어 기어다닐 수밖에 없고, 손이 없어 먹을 것을 쥘 수도 없다. 또한 입이 없어 먹이를 잡아먹기가 쉽지 않고, 게다가 내장이 없어 어떻게 소화를 시키는지 상식적으로 쉽게 이해가 가지 않는다."

현미경으로 본 세상

나는 사과가 떨어진 것만 보고 만유인력의
법칙을 알았다.

○● 뉴턴

현명하게 살기 위해 이성적인 사고훈련이 중요
하다는 것은 아무리 강조해도 지나치지 않을 것입니다.
1861년 영국의 왕립위원회는 이렇게 말합니다.

"과학은 관찰하는 능력을 키워주고 강화시켜주는 직접적
인 효과가 있다. 많은 사람들이 살아가면서 거의 활용하지
못하는 재능 중 하나가 관찰하는 능력이다. 정확하고 빠르게
분류하고 판단하는 능력을 기르려면 정신적인 훈련이 필요

하다. 젊은 사람들은 인과관계를 판단하는 데 익숙하다. 인과관계에 대한 적절한 판단은 합리적인 사고방식을 기르는 데 도움이 되며, 이로써 사물을 빠르게 이해할 수 있다. 아마도 반쯤 잠들어 있던 정신을 깨워 나태함을 치유하는 가장 좋은 처방전은 과학을 배우는 일일 것이다. 암기력을 기르는 것과 달리 과학은 단순한 기계적인 방식으로 익힐 수 있는 것이 아니다."

원시 시대로 돌아가는 상상을 해보거나 우주의 광대함을 생각해본다면 과학이 우리에게 얼마나 큰 혜택을 안겨주었는지 알 것입니다.

나는 진리의 바닷가에서 조개 하나를 주운 정도에 불과하다. 아직 발견하지 못한 진리는 무한하다.

○● 뉴턴

토마스 헉슬리는 우리 삶을 체스게임에 비유하며 과학의 중요성에 대해 말합니다.

"우리 삶의 행운이 매일매일 벌어지는 체스게임의 승패에 달려 있다고 한번 가정해보죠. 그렇다면 최소한 체스의 말 이름이나 말을 놓는 법쯤은 알아야 하겠죠? 우리 개개인의 삶, 재산, 행복과 세상의 규칙이 체스보다 훨씬 더 어렵고 복잡한 것은 당연합니다. 아주 오래 전부터 사람들은 체스게임을 즐겼습니다. 체스판은 세상이고, 체스의 말들은 우주의 현상이며, 게임의 규칙은 이른바 자연의 법칙입니다. 자신과 체스를 두는 상대방이 누구인지는 알 수 없습니다. 그러나 그 게임방식이 언제나 공정하고 타당한, 그리고 변치 않는다는 사실만을 알고 있을 뿐입니다. 또한 사소한 실수라도 못 본 척 넘어가거나 자신의 무지함을 용인해주는 일도 결코 없습니다. 그저 많은 것을 걸고 좋은 게임을 펼치는 사람이 그만큼 합당한 보상을 받게 될 것입니다. 게임에 강한 자는 자신의 승리에서 기쁨을 누릴 것이며 그만큼 관대함이 넘쳐흐를 것입니다. 하지만 좋지 못한 게임을 하는 사람은 주저 없이, 그야말로 일말의 연민조차 없이 바로 쓰러지고 말 것입니다."

오, 아름다운 창조물이여. 별은 우리를 단순히 바다 위에서 길을 찾도록 인도하는 것이 아니라, 혼란하고 타락한 마음에서 빠져나오도록 인도하는 것이다. 하늘의 위대함을 따라 스스로 배우게 만든다.

○● 헬프스

책에서 읽은 단 한줄이
우리의 미래를 바꿀지 모릅니다.

나만의 서재 만들기

마음이 아름답고자 하는가? 지갑에서 황금
을 끄집어내지 말고, 그대의 서재에 책을 채
워라.

◦● 존 릴리

14세기의 이탈리아 시인인 페트라르크는 이렇
게 말합니다.

"내게는 나를 전적으로 지지해주는 친구들이 있다. 이 친
구들은 나이와 국적을 불문한다. 그들은 어디에서든 두드러
지게 눈에 띄며, 과학에 대한 박식함으로 명예 또한 드높다.
이들에게 접근하기는 아주 쉽다. 내가 원하는 대로 늘 따라
주기 때문이다. 내 마음이 내키는대로 친구가 되기도 하고,
때로는 적이 되기도 한다. 날 골치 아프게 하지도 않고 내가

날 골치 아프게 하지도 않고 내가 품은 모든 궁금증에 대해서도 언제나 즉각 알려준다. 어떤 친구들은 나를 과거에 있었던 사건으로 인도하기도 하고 어떤 친구들은 자연에 숨은 비밀을 알려주기도 한다. 때로는 어떻게 살아야할지, 어떻게 죽어야할지 가르쳐주기도 한다. 어떤 친구는 하도 생기발랄해서 갖고있던 근심 걱정이 달아나고 유쾌해진다. 반면 어떤 친구들은 마음속에 용기를 불어넣어주고, 욕망을 어떻게 절제해야할지 알려준다. 이들은 내게 온갖 예술과 과학에 대해 알려주고 어떠한 위급한 상황에서도 안전하게 대처할 수 있도록 정보를 준다. 이러한 노고에 대한 보답은 그저 내 초라한 집 한쪽 구석에 편안하게 쉴 수 있는 작은 공간을 그들에게 내어주기만 하면 된다. 이 친구들은 떠들썩한 세상보다는 조용한 곳에서 평온함을 즐기고 싶어한다."

책이란, 젊은이에게는 인생의 조언자이며 노인에게는 여흥이다. 외로움에 빠진 사람을 위로해주고, 괴로움으로부터 도와준다. 근심과 열정을 적절히 조율해주고 좌절하지 않도록 한다. 삶이 싫증날

때면, 거만하지도 투정부리지도 않는 죽은 이들이 날 위로하며 말을
건넨다.

우리는 책 속에서 이제껏 존재했던 위대하고 현명한 사람
들의 그림자를 불러내어 이야기를 나누자고 조를 수 있습니
다. 흥미로운 특권이 아닐 수 없죠.

훌륭하게 차려진 도서관에서 실제로 이러한 힘을 얻습니
다. 크세노폰이나 카이사르에게 그들의 업적에 대해 질문할
수 있고, 데모스테네스나 키케로에게 우리 앞에서 웅변을 해
보라고 시킬 수도 있으며, 소크라테스나 플라톤의 제자가 되
어 그들의 강의를 경청할 수 있고, 유클리드나 뉴턴에게 자
신들의 과학적 발견을 증명해보여 달라고 요구할 수도 있습
니다.

책을 통해 우리는 가장 훌륭한 사람들이 최전성기에 빚어
낸 생각의 지혜를 얻을 수 있습니다.

집 밖이든 안이든 책을 읽을 만한 그늘진 안식처를 마련하라. 머리 위에 녹색의 나뭇잎들이 속삭이는 곳이든, 거리가 시끄럽게 요동치는 곳이든, 옛 책이든 새 책이든 닥치는 대로 읽어라. 책을 읽는 즐거움이란 내게 황금보다 더한 쾌감을 가져다준다.

∘● 영국의 옛 노래

고전의 마법

내가 머무는 방 곳곳에 천사들이 조용하게
숨 쉬고 있다.
어느 계절이든, 밝건 어둡건 그들이 곁에 있다.
이따금씩 그들은 내게 내려와 달콤하고 느릿
하게 속삭인다.
하늘의 영혼들이 모두 오고 간다,
시간이 이르던 늦던 상관하지 않고.

○● 프록터

독서 분야가 넓어질수록, 각각의 분야마다 제대로 된 책을 고를 수 있는 안목을 가져야 합니다.

훌륭한 책은 분명히 우리를 또 다른 세계로 이끌어줄 것입니다. 단, 책 속에 자신을 쉽게 가두지 말고 그것을 토대로 더 넓은 세계로 나가야 합니다.

독서는 젊은이가 주름살이 가득하고 백발이 성성해지지 않아도 성숙하게 만든다. 몸이 약해지거나 불편해지지 않아도 나이 든 세대의 경험을 고스란히 얻을 수 있게끔 도와주는 것이다.

○● 풀러

책을 읽을 수 있다는 것은 커다란 특권입니다. 요즘 우리는 상상할 수 없을 정도로 다양한 경로를 통해 책을 접하고 읽을 수 있습니다. 어느 때보다 자신만의 감각과 개성을 키워야할 요즘, 책을 손쉽게 구할 수 있다는 것은 감사해야 할 일입니다.

특히 위대한 사람들의 지혜가 담긴 고전 한 권은 가벼운 일상 속에 또 다른 즐거움을 가져다줄 겁니다. 《책을 향한 사랑》의 저자인 리차드 드 베리는 우리가 책에 진 빚을 다음과 같이 표현합니다.

"매나 회초리를 들지 않고, 엄하게 꾸짖거나 화내지 않고, 옷가지나 돈으로 유혹하지 않고도 우리에게 깨달음을 줄 수 있는 것은 바로 오래된 한 권의 책이다. 이러한 책에 당신이

손을 뻗으면, 책은 적극적으로 당신에게 다가선다. 책을 향
해 질문을 던지면, 직설적이고 솔직한 대답이 돌아온다. 당
신이 실수하더라도 책은 결코 불평하거나 투덜대지 않는다.
당신이 무지하다 해도 전혀 비웃지 않는다."

독서를 좋아하는 사람은 《버트람 경과 유령이 나오는 방》을 읽으
면서 실감나는 공포를 느낄 수 있으리라. 《바볼드 여사의 에세이》
를 읽으며 문장 하나하나를 곱씹으며 즐거움을 맛볼 수 있으리라.
그레이의 글에서 고독하게 방황하는 자신을 볼 것이며, 로저 커벌
리와 다정하게 악수를 나눌 수 있으리라. 마르코 폴로와 뭉고 파크
와 함께 여행을 하기도 하고, 톰슨과 함께 집안에 머물거나 코울리

와 함께 칩거생활을 할 수도 있다. 허튼처럼 근면할 수도 있고 게이
나 인치발드 여사의 처지에 공감할 수도 있다. 번클을 비웃을 수도
있고, 드 포의 난파당한 선원과 함께 우울하고 비참한 처지가 될지
도 모른다.

∘● 영국의 수필가 레이 헌트

책 읽는 즐거움

독서는 기쁨에 찬 희열을 누리기 위한 순수
한 지적 만족을 가져다준다. 정말 괴팍하고
잘못된 책만 골라잡지 않으면 말이다.

◦● 존 허쉘

책의 중요함은 전혀 생각지 못했던 문화에서
도 진가를 발휘하곤 합니다. 강인했던 고대 스칸디나비아 사
람들은 자신들의 언어였던 룬 문자에 신비한 힘이 스며 있다
고 믿었습니다. 과거에는 이처럼 글귀 하나가 큰 힘을 지니
고 있었습니다. 더구나 책을 소유할 수 있다는 것 자체가 큰
특권이었습니다.

사실 우리는 마음에 딱 맞는 책 한 권을 아쉬워하며 쏟아

져 나오는 책들 속에서 과연 무엇이 나에게 길을 알려줄지 고민하게 됩니다. 이럴 땐 새로운 책들에서 잠시 벗어나 지금의 우리를 있게 한 조금은 오래된 책에 눈을 돌려보세요. 우리가 존경하는 이들이 읽었던 바로 그 책을 말입니다.

나로서는, 비록 미약한 재주이긴하나 책 읽는 것보다 즐거운 일은 없다. 책을 읽다 보면 마음속에서 경외감이 우러나오고, 즐거움과 신념이 솟는다. 화려한 축제나 오월의 화창한 날씨가 아닌 이상 나를 책에서 떼어낼 수 있는 놀이는 없다. 물론 작은 새가 노래하거나 꽃들이 만발하면 시절을 즐기기 위하여 책을 놓을 것이다.

○● 제프리 《선녀 전설》 중에서

많은 사람들이 자신이 어떤 책을 좋아하는지조차 정확히 개념이 서 있지 않은 것이 사실입니다. 우리는 너무 쉽게 타인의 조언을 수용하거나 다수의 무리에 휩쓸려버리곤 합니다. 비록 많은 사람들의 입에 오르내리는 책이 그만큼 좋은 이야기와 가치를 지니고있을 가능성이 있을지라도 무엇보다 자신의 주관에 따라 책을 고르는 감각을 키워야합니다.

큰 서점에는 아무리 기다려도 주인을 찾지 못하는 책들이 너무나 많습니다. 메리 램이 말한 것처럼 그저 쌓여있기만 한 책은 더 이상 책일 수 없습니다. 그것을 발견해주는 것은 우리의 몫입니다.

매콜리가 과거 세대의 위대한 정신에서 즐거움을 얻었다고 했듯이 지금 우리는 그에게서 같은 느낌을 받고있다. 매콜리는 자신이 얼마나 큰 빚을 선현들에게 지고있는지, 선현들이 자신을 진실에 다가설 수 있게 얼마나 잘 이끌어주었는지, 자신의 마음을 고결하고 숭고한 이미지로 얼마나 가득 채워주었는지 우리에게 들려주었다. 선현들은 어떠한 인생의 짐에도 개의치 않고 그의 곁을 지켜주었다. 슬플 때는 위로해주었고 아플 때는 간호해주었으며 외로울 때 동료가 되어주었고 오랜 친구처럼 대해주었다. 부자와 빈자를 막론하고 신분의 고귀함과 미천함을 따지지 않고 선현의 가르침이 담긴 책은 누구에게나 평등한 즐거움을 준다. 매콜리는 자신의 펜으로 실로 대단한 명예와 재산을 모았지만, 그의 저작을 통해 사람들이 얻은 기쁨과 비교해보면 그러한 명예와 재산이 사실 아무것도 아니라는 것을 알게 된다.

많은 이들이 내용이 어렵고 딱딱하다고 지레짐작되는 책은 아예 처음부터 읽을 생각도 하지 않습니다. 정치철학자 토마스 홉스는 그런 책이야말로 읽으면 읽을수록 자기 정신세계의 편협함을 발견하게 될 것이라고 말합니다.

다들 남들이 저지른 실수나 잘못으로 인해 고통을 겪기도 하지만, 그것은 자신의 무지로 인해 겪는 고통에 비하면 아무것도 아닙니다.

철학자의 지혜를 엿보다

나이 먹는 것은 네 가지 면에서 바람직하다
고 볼 수 있다. 나무는 크게 자라야 땔감이
되고, 포도주도 오래 숙성할수록 맛이 난다.
오래된 친구라야 신뢰가 쌓이고, 오래된 책
이라야 읽을 가치가 있다.

◦● 알론조 아라곤

위대한 사람들의 지혜를 담고있는 고전 한 권,
이것을 읽는 묘미는 경험해본 사람만이 알 수 있습니다. 사
실 철 지난 낡은 책들은 독자에게 다소 낯설게 느껴질 수 있
고, 요즘의 자극적인 소재를 다룬 책들 사이에 묻히기 쉽습
니다. 하지만 고전은 지금 현존하고 있다는 그 이유만으로도
주목할 만한 가치가 있으며 그만큼 흥미롭습니다. 수백 년의
시간의 속도감을 느끼며 살아 있는 책들은 먼 과거, 먼 지역

의 사람들이 갖고 있었던 독특한 생각들을 그 시대만의 어법
으로 풀어나갑니다.

비록 우리가 그러한 책의 명성을 그만큼 실감하지 못할지
라도 존재 자체로서 읽을 가치가 있는 것입니다.

나의 생각은 사자死者들과 함께 한다.

나는 그들과 더불어 과거 속에 산다.

그들의 장점을 사랑하고 그들의 결점을 힐난한다.

그들과 희망과 두려움을 함께 한다.

겸손한 마음으로 그들의 깨달음에서 가르침을 구한다.

◦● 사우디

만약 인류의 사상이 어떻게 진보되어왔는지를 알고 싶다
면 아리스토텔레스의 《정치학》과 플라톤의 《대화편》를 읽어
보세요. 지금 우리가 당연한 것으로 받아들이는 원리 원칙들
이 사실은 아리스토텔레스와 같은 철학자들에 의해 발견되
고 이어져온 것들입니다. 예를 들어 아리스토텔레스는 벌이

한 번 꿀을 따러 나가면 같은 종류의 꽃에만 간다는 사실을 관찰을 통해 발견하고, 엄격한 조건 아래 여러 종류의 벌을 실험해봄으로써 명제를 가다듬었습니다. 현재 실험되고 검증되고 있는 것들의 근원을 찾아가는 작업도 꽤 흥미로운 일입니다.

자, 모든 사람의 마음속에 온갖 종류의 새장이 있다고 가정하자. 어떤 새들은 무리를 지어 다른 새들과 분리되고, 어떤 새들은 무리를 이루며, 어떤 새들은 홀로 어디론가 마음대로 날아가기도 한다. 이 새들이 곧 지식이다. 우리들이 어렸을 때 이 새장은 텅 비어있었을 것이다. 그리고 인간이 이 새장 속에 어떤 종류의 지식을 넣고 보관해두었다면 그는 지식의 대상이 되는 것들을 배우거나 발견했다고 말할 수 있을 것이다. 이것이 곧 아는 것이다.

○● 플라톤

플라톤은 다소 말장난을 하는 듯 보일만큼 논쟁에 아주 탁월한 철학자였습니다. 때로는 다양한 방식으로 구성된

이야기 속에서도 자신이 말하고자 하는 바와 정반대의 이야기를 하는 듯 보이지만 그의 대화법에서 얻어낸 풍요로운 결과물은 학문의 원리를 체계적으로 정립할 수 있게 해 주었습니다.

앵글로 색슨 계통의 훌륭한 서사시 중에 《니벨룽겐의 반지》가 있습니다. 이야기 속에 등장하는 두 여자 주인공 브룬힐드와 크림힐드는 완벽한 인간형과는 매우 동떨어진 인물처럼 보이지만 요즘 문학에서 이처럼 '살아숨쉬는' 캐릭터를 만나는 것은 쉬운 일이 아닐 겁니다.

19세기 영국의 시인이자 작가인 존 시몬즈는 《그리스의 시인들》이라는 책에서 아가멤논을 '비할 데 없는 위대한 작품'이라고 칭송합니다. 고대 그리스의 3대 비극작가인 소포클레스, 유리피데스, 아이스토파네스의 작품들은 모든 문학 작품 중 가장 창의적인 천재성을 발휘하고 있다해도 과언이 아닐 정도의 문학성을 지니고 있습니다. 그들의 기발하고 독설적인 위트를 책을 통해 접할 수 있다는 사실은 우리에겐 큰 축복입니다.

　좋은 책을 읽는 것은 과거의 가장 뛰어난 사람들과 대화를 나누는 것이다.

°● R. 데카르트

　진정 책을 좋아하는 사람들은 고서를 찾아 읽기를 즐깁니다. 언젠가 영국의 고서점에서 책을 모으는 한 친구가 건네준 네 권의 책은 지금 무엇과도 바꿀 수 없는 보물이 되었습니다. 쿡의 《항해》, 훔볼트의 《여행》, 다윈의 《박물학자의 여행》이 바로 그것입니다. 또 다른 한 권은 고대 중국의 서정가곡을 모은 《시경》이라는 시집입니다. 문학작품은 지금도 무수히 쏟아져나오고 그들 역시 너무나 소중하고 위대하지만, 이처럼 시대를 거슬러 내 두손 위에 올려져 있는 책들과는 비교할 수 없을 듯합니다.

　천년이 지나도 다시 읽혀질 것 같은 명작들이 있습니다. 우리가 어릴 적 읽던 그 명작들을 다시 우리의 아이에게 들려주고, 또 그 아이들이 자신의 아이들에게 들려줄 겁니다. 어린 시절 읽었던 《로빈슨 크루소》《걸리버 여행기》《아라비안 나이트》《돈키호테》와 같은 책들을 말입니다.

어떤 친구를 사귀는지 보면 그 사람을 알 수 있듯이, 어떤 책을 읽는지 보아도 그 사람을 알 수 있다. 사람과 마찬가지로 책도 벗이기 때문이다. 그리고 사람이든 책이든, 가장 좋은 벗을 사귀어야 한다.

∘● 스마일즈

일곱 번째 포춘쿠키

여행은 우리가 미처 예상하지 못했던
길을 보여줄 것입니다.

세상의 **발견**

나는 지금까지 내가 만났던 모든 사람의 일
부분이다.

○● 테니슨

기회가 닿는 대로 많은 여행을 해야 합니다. 세
상은 그것을 본 사람의 것입니다.

옛 말에 '사람은 누구나 탈레스, 플라톤, 피타고라스처럼
걸어서 세상을 여행해보아야 한다'는 말이 있습니다.

요즘은 마음만 먹으면 얼마든지 가고 싶은 곳을 갈 수 있
지만 먼 곳보다는 오히려 가깝기 때문에 미처 돌아보지 못
했던 곳부터 차근차근 여행을 준비해보세요. 평범한 곳일지

라도 당신이 만든 추억에 따라 느낌과 모습이 달라져 보이
니까요.

여행은 반드시 새로운 무언가를 얻기 위함이 아닙니다. 잠
깐이라 하더라도 여행은 그 자체로 평소에는 미처 보지 못했
던 사물들을 새로운 시각으로 바라볼 수 있게 하는 힘을 지
니고 있습니다. 휴식을 통해 신체적인 활력뿐만 아니라 새로
운 정신적 자극도 얻을 수 있습니다.

여행의 또 다른 즐거움은 책이나 그림, 사진을 통해 느
꼈던 간접적인 경험들을 실제로 느껴볼 수 있다는 데 있습
니다.

나는 피라미드에 대한 수많은 글, 사진, 그림을 보았습니

다. 피라미드의 형태는 매우 단순하죠. 하지만 그것을 직접 본 순간, 이전에 갖고 있던 이미지는 희미한 그림자에 불과했다는 사실을 깨달았습니다.

특히 문학 작품이나 역사책에서 읽었던 지식들이 실제로 벌어졌던 장소와 맞닥뜨렸을 때의 기쁨은 이루 말로 표현할 수 없습니다. 여행을 하면서 좋은 설명과 그에 관한 그림의 도움을 받으면 혼자 힘으로 깨달을 수 없는, 훨씬 많은 것을 볼 수 있게 되죠.

직접 경험했던 아름다운 장면과 재미 있었던 유람의 기억, 낯선 곳에서 느낀 흥분들.

이 모든 기억은 평생 지워지지 않는 재산입니다.

자유를 향한 날개짓

자유는 신이 인간에게 베풀어준 가장 큰 선물
이다.

○● 세르반테스

우리가 사는 아름다운 세상을 여행하는 사람이 실제로는 극소수에 지나지 않는다는 사실은 참으로 놀라운 일입니다. 많은 사람들이 바쁜 일상에 쫓겨 죽을 때까지 제대로 된 여행을 한번도 해보지 못한다는 것은 참으로 안타까운 사실이죠. 과학자이자 천문학자인 노만 로키어는 미국 로키 산맥에서 조사 임무를 수행하며 탐험하다가, 우연히 나이든 프랑스 성직자를 만났다고 합니다. 어떻게 이 먼 곳까지 왔는지 놀라워하는 그를 보며 프랑스 신부는 이렇게 말했습니다.

"저 같은 사람을 이런 곳에서 보게 되다니 참으로 신기할 겁니다. 사실 저는 몇 달 전에 심하게 아팠습니다. 의사도 포기할 정도였죠. 그런데 어느 날 아침 저는 의식이 몽롱한 상태에서 이미 신의 품안에 들어와 있는 꿈을 꾸었습니다. 천사가 와서 물었죠. '왜 당신은 이토록 아름다운 세상을 두고 떠나려 하는가?' 그때 문득 이런 생각이 들더군요. '나는 한 평생을 천국이 얼마나 아름다운 곳인지 설교하며 살아왔지만 내가 살고 있는 이 세상에 비하면 아무것도 아니지 않은가!' 제게 주어질 은총이 남아 있다면 이 세상을 더 많이 보는데 쓰겠다고 결심했고, 그래서 여기까지 온 것입니다."

우리는 모두 자유를 꿈꾼다고 말하지만, 이 프랑스 성직자를 따를만큼 진정으로 자유로운 사람은 얼마 되지 않습니다. 바쁘더라도 잠시 여행의 시간을 미리 비워두세요. 바로 우리 자신을 위해 말이죠. 오늘 하지 못한 낯선 곳으로의 여행은 절대 다음이라는 시간에는 느낄 수 없을 테니 말입니다.

틴달이 쓴 《알프스에서 보낸 몇 시간》이라는 책을 읽어 보면 실제로 알프스를 몇 시간 동안 등반하는 느낌이 듭니다.

"나는 몽블랑, 그랑꽁뱅, 덩블랑슈, 바이스호른, 돔 쪽을 향해 펼쳐진 경이로운 광경을 내려다보았다. 수천 개의 작은 봉우리들이 모여 이렇게 정상에 올라선 나를 격려하는 듯하다. 언젠가 난 스스로에게 물은 적이 있다. 이처럼 거대한 작품은 어떻게 만들어졌을까? 밋밋하게 솟아오른 대지를 이토록 힘차고 아름다운 형상으로 조각한 이는 누구일까? 대답은 가까이에 있었다. 언제나 젊고 언제나 전지전능하며 세상을 관할하는 힘을 지닌 태양은 동쪽 하늘로 올라오고 있었다. 그는 좁은 골짜기를 내어 물을 하늘로 치솟게 만들었고, 산비탈에 빙하를 심어놓았으며, 중력을 주어 계곡을 열게 만들었다. 시대를 걸쳐 그의 활동은 마침내 이 웅장한 구조물을 내리눌러 바다 쪽으로 밀어내고 결국 대륙의 씨앗이 되게끔 만들었다."

선택의 기로에서 나는 서쪽으로 난 길을 향했다.

길은 어린 잎이 모여 성공의 도시로 향하는 숲을 만들었다.

내 가방에는 지식이 가득했지만

불안감과 무거운 짐들도 들어 있었다.

나를 지탱해주는 한 가지는

그 도시의 황금 문을 열 수 있으리라는 꿈이었다.

간혹 건널 수 없는 강에 이를 때마다

꿈이 사라질까 두려웠다.

하지만 나무를 잘라 다리를 만들고 강을 건넜다.

여행은 예정보다 오래 걸렸다.

비의 무게가 더해진 배낭의

무거운 것들을 버리고나니 걸음이 한결 가벼워졌다.

저 멀리 희미하게 성공의 도시가 보인다.

'마침내 목적지에 도착했어. 모두가 나를 부러워할거야!'

그러나 문은 잠겨 있었다.

문지기는 눈살을 지푸리며 쉰 목소리로 말했다.

'당신은 내 명단에 있지 않아. 들여보내줄 수 없네.'

나는 절망에 휩싸여 울부짖었다.

어디에도 내가 갈 곳은 없는 것만 같았다.

그때 처음으로 고개를 돌려

내가 걸어온 길을 바라보았다.

이곳을 오기 위해 온 힘을 쏟고 있는 내가 보였다.

도시에 들어갈 순 없었지만

실패한 것이 아니었다.

나는 다리를 만들었고, 비를 피하는 법을 스스로 터득했다.

그리고 무엇보다 마음을 여는 법을 배웠다.

그것이 고통과 함께했을지라도.

나는 알았다. 삶은 단순히 살아있는 것 이상임을.

나의 성공은 도달이 아니라 그 순간순간에 있음을.

∘● 낸시 함멜

토트가 들려준
철학자의 여행일기

자신이 여행했던 곳의 느낌과 광경은 그것을
직접 경험한 본인만이 알고 있습니다. 하지
만 같은 곳을 가더라도 제각기 다른 느낌을
갖게 되는 것이 바로 여행의 묘미입니다. 많
은 철학자들은 여행을 통해 얻은 느낌을 다
음과 같이 회상합니다.

| 러스킨, 1842년 어느 여름

스위스 위쪽 골짜기들은 영원히 흐를 듯한 자그마한 개
천들로 얽혀 있다. 이들은 한결같이 눈부신 물방울을 사방
에 흩뿌리며 아래로 내려꽂히기 위해 가장 가파른 장소만
을 골라 흐르는 듯하다.

바람이 물줄기를 날리면 우아하게, 형태 없는 분수를 만들
어내고… 마지막 순간까지도… 자신이 흐르는 길을 벗어남

없이 흩어졌다가 다시 조용하게 물줄기 속으로 사라진다. 풀잎 사이를 헤치고 나아가는 맑고 깊은 물은 마치 풀잎의 그림자처럼 보이기도 한다.

하지만 어느 순간 세찬 흐름을 다시 만들면서 서둘러서 졸졸대기 시작한다. 마치 언덕에 웅크리고 앉아 여유를 부리기에는 하루가 너무 짧다고 문득 깨달은 것처럼 말이다.

여행이란 젊은이들에게는 교육의 일부이며, 연장자들에겐 경험의 일부이다.

○● 베이컨

| 시몬즈, 자연과 함께 한 여행

지중해 북쪽을 바라보면 나뭇잎이 우거진 큰 나뭇가지 사이로 멀리 외딴 작은 농장과 느릿느릿 소들이 풀을 뜯는 목장이 눈에 띈다. 신비로운 환상과 평온한 명상이 나무 그늘 아래에서 떠날 줄을 모른다.

이와 달리 지중해 남쪽을 바라보면 올리브 가지와 잎사귀

장식을 한 격자창이 살짝 시야를 가리고 있지만, 화창한 바다와 짙푸른 하늘은 한눈에 들어온다.

물결 위로 태양이 눈부시게 떠오르면 강렬한 빛이 서로 맞부딪혀 절정을 이루고, 수평선 너머로 순결한 빛이 쏟아져들어 온다.

모든 것이 환히 드러나고 한 점의 우울도 찾아볼 수 없다. 자연이 벌이는 끝나지 않는 축제 속에서 파도와 태양, 그림자들이 함께 어울려 춤을 추는 듯하다.

다시 지중해 북쪽을 바라보면, 무성한 잎을 단 나무들이 야트막한 언덕으로 이어진 시골 지형과 잘 어울려 둥근 지평선을 만들어낸다.

하지만 남쪽은 뾰족한 올리브나무 잎사귀와 날카로운 가지들이 산과 들은 물론 해변까지 뒤덮고 있다. 남쪽의 이러한 화창하고 생생한 풍경은 그들의 고대 신 아폴론의 빛나는 휘광 아래 살아가는 근사한 사람들과 너무도 잘 어울린다. 아테나는 이들을 보호해주고 비너스는 이들을 아름답게 치장해준다.

하지만 이렇게 풍경을 멋지게 장식하는 것은 올리브나무 뿐만이 아니다. 키 큰 지중해 소나무도 결코 빼놓을 수 없다….

마사 근처, 소렌토 옆에는 잔디밭 위에 두 그루의 거대한 소나무가 당당히 버티고 있다. 이중 한 그루는 바다에서 뜨는 카프리의 일출과 함께, 바이애와 베수비오산의 뿌리를 둘러싼 나폴리 만을 한 눈에 내려다본다. 구불구불 얽혀 자라는 올리브, 오렌지, 장미나무들이 해변을 따라 정원을 이루고, 이를 배경으로 저 멀리 그리스어로 '심연 속 처녀섬'이라는 뜻의 이나리메섬이 창백하게 잠을 잔다.

보다 가파른 언덕에서 보면 털가시나무와 철쭉나무가 불에 타듯이 빨갛게 만발한 모습이 보인다. 머리 위에는 서리가 내린 나뭇가지들이 흔들거리면서 손을 흔들고, 하얗게 반짝이는 버찌 열매, 은매화의 나뭇가지, 월계수의 이파리, 여린 능수버들과 키 큰 히스나무가 눈에 들어온다.

해변 가까이에는 유향수가 자라고, 층층이 진한 향이 나는 로즈마리와 양골담초꽃과 함께 나지막이 피어 있다. 클레마티스와 뒤엉킨 사르사덩굴의 반짝거리는 꽃봉오리들이 나뭇가지에 주렁주렁 걸려있다. 담쟁이는 덩굴손을 사방으로 감아 뽕나무나 느릅나무의 가지를 타고 넝쿨져 있고 그 아래 그늘에서는 젊은 연인들이 그네를 타며 담소를 나누거나 노인들이 평상 위에 앉아 격자무늬의 옷감을 짜고 있기도 하다.

이러한 풍경이 어떠한 소리와 어울리는지도 꼭 기억해야 한다. 염소 무리는 매애 울고, 벌들은 붕붕거리고, 나이팅게일과 비둘기들은 즐거이 지저귄다. 시냇물은 졸졸 흐르며, 매미는 맴맴 거리고, 개구리는 떼지어 개굴거리며, 소나무 가지는 바람소리를 낸다. 인내심만 있다면 시실리의 시인이었던 테오크리투스만큼이나 예민한 감수성으로 이러한 소리들을 모두 분별해낼 수 있으리라.

바다와 내륙 깊숙한 마을의 풍경은 결코 따로 떼어낼 수 없다. 산비탈을 따라 산 위로 오를수록 더욱 아름다운 바다가 눈에 들어온다. 높이 올라갈수록 바다는 솟아오르는 듯 보이고, 결국 하늘과 하나가 된다. 올리브 가지가 얽힌 곳에서는 하늘이 조각조각 잘라져 보이기도 하고, 펼쳐진 길 위를 문득 바라보면 담청색 하늘이 끝없이 펼쳐져 보이기도 한다.

노간주나무의 관목들을 헤치고 나아가 가파른 산길을 힘들여 올라보면 불쑥 튀어나온 언덕 능선을 따라 세상이 뚜렷이 반으로 갈라진 것처럼 보이기도 한다. 해변을 따라 드문드문 마을이 보석처럼 박혀있기도 하고 멀리 떨어진 섬과 은빛 선박들이 반짝이는 풍경을 볼 수 있다.

새벽 5시 15분 정도가 될 때까지 완전한 어둠 속에 갇혀있었다. 하지만 5시 15분을 넘어서면 몇몇 새들이 지저귀며 짙은 밤의 정적을 깨기 시작하고, 곧 새벽이 다가오리라는 조짐이 동쪽 수평선에서 차츰 뚜렷해지기 시작한다.

조금 지나면 쏙독새의 우울한 울음소리가 들리고, 개굴대는 개구리 소리가 점차 커지기 시작하며, 산에서 개똥지빠귀의 구슬픈 휘파람소리가 들려온다. 그러면 이에 호응하듯 여기저기에서 새와 가축들의 다양한 울음소리가 울려퍼지기 시작한다. 5시 30분즈음 되면 최초의 빛살이 들이친다. 그

빛은 서서히 밝아지며, 15분 정도 만에 빠르게 퍼져, 마치 한낮처럼 세상을 밝힌다.

이제 한 15분 동안은 더이상 아무 변화가 없는 듯이 보이지만, 어느 순간 태양의 가장자리가 수평선 위에 드러나며 보석처럼 반짝이는 이슬들이 나뭇가지를 화려하게 장식하기 시작한다.

황금빛 햇살은 멀리 숲을 가득 채우고 살아있는 모든 것들을 잠에서 깨우고 약동하게 만든다. 새들은 짹짹 지저귀고 퍼덕거리며 날아다닌다. 앵무새는 시끄럽게 떠들고, 원숭이는 수다스럽게 꽥꽥거리며, 벌은 꽃 사이를 붕붕거리고, 나비는 따뜻하고 상쾌한 햇살을 날개에 한가득 안고 유유히 날아다닌다.

이처럼 열대 지방의 아침은 절대 잊을 수 없는 매력적이고 아름다운 풍경을 보여준다. 간밤에 서늘하고 눅눅한 공기로 움츠러들었던 만물이 다시금 활기를 되찾고 약동하는 모습을 말이다.

새로운 잎사귀들과 열매들이 솟아나는 것이 눈에 보인다.

실제로 하룻밤만 자고나면 새싹들이 몇 인치씩 쑥쑥 자라나 있는 것을 관찰할 수 있다.

열대지역은 그야말로 우리가 상상할 수 있는 최적의 환경이다. 이른 새벽에는 다소 추운 듯하지만 그래도 견딜 만하고, 이내 따뜻함이 가득히 몰려와 만물에 활력을 불어넣는다. 강렬한 태양빛은 열대의 초목들을 왕성히 자라게 할 뿐만 아니라 이 땅위에 가장 이상적인 아름다움을 구현함으로써, 화가에게는 매혹적인 그림을 그릴 수 있는 영감과 시인에게 살아있는 시구를 선사한다.

여행과 변화를 사랑하는 사람은 생명이 있는 사람이다.

○● 바그너

| 딘 스탠리, 테베에서

태양은 기울고 아프리카 대륙은 붉게 타오르고 있었다. 연둣빛 평원은 짙은 녹색으로 물들고, 저녁 무렵의 어스름이 수많은 천막과 오래된 석상의 갈라진 틈새를 가리운다. 석양

을 등지고 석상을 돌아보면 마치 그들이 살아나 앞으로 걸어
나오는 듯하고, 또 어찌 보면 산과 어우러져 자연의 일부인
듯 보이기도 한다. 정말 이 석상들은 원래 자연의 피조물에
속하는 것은 아닐까?

집으로

집밖에는 눈발이 가볍게 날리고 밤새 폭풍우가 큰소리로 울부짖는다.
내 방안에서는 화로가 은은히 빛난다.
안락하고, 고요하며, 따스하다.

◦● 하이네

오랜 여행을 끝내고 집으로 돌아오는 것은
아마도 새로운 추억과 생명력을 한가득 품고
다시 한번 자신의 자리로 돌아가는 느낌일 것입니다.
레이헌트는 이렇게 말합니다.

집에 앉아서 책을 읽으며 덥수구레한 수염을 기른 늙은 여행자를
영웅삼아 환상적이면서도 안심할 수 있는 항해와 여행을 한다.
문밖에서는 바람이 세차게 불어 숲이 울든 파도가 소용돌이치든
커튼을 내리고 불가에 앉아 마음껏 모험을 즐길 수 있다.
어느 것 하나 부족함 없는 가장 행복한 순간임에 틀림없다.

아무리 초라한 나의 집이라도 일상에 지친 몸이 누울 수 있는
침대가 있다면 그보다 더 좋은 곳이 있을까요.

집, 그리고 나의 방은 어느 곳보다
나의 영혼이 마음 놓고 쉬어갈 수 있는 곳입니다.
더구나 지난 날의 추억이 깃들어 있는 곳이죠.
우리 삶이 고난과 고통으로 가득 할 때,
또 세상이 차갑고 황량할 때, 햇살처럼 다정한 얼굴이 있고
서로 사랑하는 따뜻한 마음이 있는 집으로 돌아갈 수 있다는
사실만으로도 나는 인생이 행복함을 느낍니다.

집에서 들리는 웃음소리는 너무도 달콤하다.
서로 바라보면 심장이 확실히 뛰는 것을 느낄 수 있다.
집의 구석진 곳까지도 달콤한 행복이 빠짐없이 들어차 있어
순수한 애정이 집안을 온통 휘감고 있다.

∘● 케블

저기 나의 집이 보인다.

늘 그 자리에서 변함없이 나를 기다려준...

램 Lamb, Charles 1775~1834

램은 런던의 가난한 집안에서 태어나 순탄치 않은 어린시절을 보냈다.
정신병을 앓던 누이가 어머니를 죽인 충격으로 평생을 독신으로
살았다. 1796년 콜리지의 시집 4편을 발표하면서 작품활동을
시작하였고 1807년 《셰익스피어 이야기》, 1808년 《율리시스의 모험》을
발표하며 유명세를 탔다. 스스로를 누이와 같은 정신병이라 생각하며 겪었던
괴로움은 그의 작품속에 고스란히 드러나있다.
그 밖에 《엘리아스의 수필》《찰스 램 서간집》 등이 있다.

보에티우스 Anicius Manlius Torquatus Severinus Boetius 470~524

현재까지도 널리 읽히는 《철학의 위안》은 그가 감옥 안에서
저술한 책으로 산문과 시의 형식이 혼재되어 있는 대화형식의
철학서이다. 역사는 그를 중세기의 창립자이자 최초의 스콜라 학자
로 기억하고 있다. 로마의 그리스도교 집안에서 태어나 문학과 음악,
천문학 등 다방면에서 두각을 나타냈으며 520년 최고 행정 사
법관을 지냈다. 이후 법정에서 동로마 제국의 황제인 유스티누스
와 내통한 죄로 기소된 알비누스를 옹호함으로 인해 이교도의
의심을 받게 되었다. 이후 반역자로 고발되어 파비아 감옥에 갇혀
524년 잔인하게 처형되었다.

아나톨 프랑스 Anatole France 1844~1924

세계대전으로 인한 사회적 위기감과 경계가 팽배했던 시대에도
많은 지성인들로부터 우상으로 여겨지던 문학가가 아나톨 프랑스다.
아나톨 프랑스는 늘 휴머니즘적 시각에서 소외계층과 아이들의 편에 서 있었다.
그러나 이후 프랑스 사회를 뒤흔들었던 '드레퓌스사건'에서 드레
퓌스의 무죄를 주장한 이후부터 차츰 사회적인 문제들에 참여하는
모습으로 변모하였다.《실베스트르 보나르의 죄》(1881)를 발표하여
주목을 끌기 시작하였으며《작은 피에르》(1918),《꽃다운 인생》(1923)
등을 발표하며 1921년 노벨문학상을 수상하였다.

키케로 Cicero, Marcus Tullius BC 106~43

그리스의 웅변술부터 수사학, 정치, 철학에 이르기까지
다방면에서 명성을 떨쳤던 인물이 키케로다. 많은 분야를
섭렵한 그의 사상은 절충주의적 성격이 강하다. 그는 또한
고전라틴 산문의 창조자로 그리스 사상을 로마로 도입하고
라틴어로 된 저서를 만들어 라틴문화권과 로마에 큰 공적을 세웠다.

단테 Alighieri Dante 1265~1321

이탈리아의 위대한 시인 단테.《신곡》은 그가
40년을 바쳐 사랑한 여인 베아트리체를 위해 바친
작품으로 널리 알려져 있다. 위대한 사상가들도
그를 일컬어 셰익스피어와 필적할 만한 유일한 작가로
평가했다. 특히 그의 글에서는 당시 정치적 상황과
내면의 심리를 엿볼 수 있다.《신곡》이외의《신생》
《향연》등의 작품이 있다.

성 베르나르도 St. Bernard 1090~1153

프랑스의 퐁텐에서 태어난 베르나르도는 자신의 버팀목인
어머니가 세상을 떠나자 영혼에 대한 회의감을 느끼며
1112년 시토회에 입성한다. 그는 클레르보를 출발하여 60개
이상의 수도원을 설립했고, 시대의 예언자로 불릴만큼 모든
이들의 존경을 받았다. 1147년 십자군의 성립은 가히 그의
위대한 설교가 이루어낸 성과라 할 수 있다.

마르쿠스 아우렐리우스 Marcus Aurelius 121~180

로마 제국의 황금시기를 상징하는 인물로 스토아 철학이 담긴
《명상록》의 저자이기도 하다. 마르쿠스는 어렸을 때부터
정치와 철학에 대한 관심이 남달랐다. 그는 비교적 순탄했던
황제 즉위 이후에도 계속해서 철학에 대한 흥미를 놓지 않았
다. 노예였으나 스토아 학파의 주요 철학자인 에픽테투스는
그에게 스승과도 같은 존재였다. 《명상록》은 머릿속에
떠오르는 생각의 조각들을 엮은 책으로 당시 로마의 문화적
상황을 엿볼 수 있다.

아낙사고라스 Anaxagoras B.C 500~ 428

정신(nous)라는 개념을 처음 만들어 낸
철학자가 아낙사고라스다. 세계를 구성하는 물질은 매우 이성적이고
질서있는 형상으로 구성되어 있는데 이를 정신(nous)이라 지칭했다.
그는 어떠한 사물도 정신(nous)과 분리되어서는
존재할 수 없다고 말했다. 아낙사고라스에 관한 저서로는 J. 자피로폴로의
《클라조메네의 아낙사고라스》(1948), F.M. 클레베의
《아낙사고라스의 철학》(1949) 등이 있다.

존 러스킨 John Ruskin, 1819~1900

빅토리아 시대 영국의 대중예술을 풍미했던 예술가이자 작가이며

비평가로도 불린다. 천부적인 예술적 자질은 고딕양식을

확고하게 정착시키는데 이바지했다. 그가 표현하는 고딕양식에

는 자연에 대한 경의와 종교적인 감성이 함께 혼재되어 있다.

 그는 인위적인 바로크 양식의 표현을 허위예술로 보았으며

예술가를 넘어선 예술비평가로서도 많은 이들에게 각인되었다.

제레미 리프킨 Jeremy Rifkin 1945~

"세상은 갈수록 혼돈의 와중에서 무질서해지고 있다"

우리가 익히 알고 있는 엔트로피 현상을 주창한자가 바로

제레미 리프킨이다. 그는 과학적 사고방식을 통해

날카롭게 사회를 비판하고 행동으로 실천했다.

1995년에는 《노동의 종말》을 발표해 기업의 부당한

노동착취를 비판해 커다란 반향을 불러일으켰으며

《엔트로피》《생명권 정치학》《소유의 종말》《육식의 종말》 등

그만의 예리한 시각이 돋보이는 작품들을 선보였다.

에픽테투스 Epiktetos 50~138

철학자들이 숭배하는 철학자. 그가 바로 에픽테투스다.
로마제정시대의 스토아 철학자로 노예 신분으로 태어나 스토아
철학자로 거듭났다. 그는 같은 스토아 학파인 마르쿠스 아우
렐리우스와 B. 파스칼과 같은 철학자들에게 많은 영향을 주었
다. 그가 직접 저술한 작품은 없지만 그의 제자인 아리아노스가
정리하고 기록한 《어록》이라는 책이 전해지고 있다.
"나는 신과 함께 선택하고, 신과 함께 원하며, 신과 함께 의지
한다"는 말에서 신의 섭리대로 사는 것이 자유의 경지에 이르
는 길이라는 그의 사상을 엿볼 수 있다.

그라시안 Baltasar Gracian y Morales 1601~1658

17세기 스페인의 철학자이자 독특한 언어세계를 가진 작가로
프랑스 모럴리스트의 선구자로 불린다. 18세 때 예수회에
들어갔고, 신학교 학장이 되었다. 그의 가장 유명한 저서로는
문명을 분석하여 다룬 《비평가》가 있다. 그의 독특한 언어
사용이 두드러진 작품인 《미묘함과 천재예술》은 기발한 은유
와 컨셉을 활용해 독자들에게 신선한 충격을 가져다주었다.

01_ 《성경 *The Bible*》

02_ 마르쿠스 아우렐리우스 Marcus Aurelius 《명상록 *The Meditations*》

03_ 에픽테투스 Epictetus 《입문서 *Enchiridion*》

04_ 아리스토텔레스 Aristotle 《윤리학 *Ethics*》

05_ 성 힐레르 St. Hilaire 《종교로서의 붓다 *Le Bouddha et sa religion*》

06_ 성 아우구스티누스 St. Augustine 《고백록 *Confessions*》

07_ 디킨즈 Dickens 《피크윅 *Pickwick*》

08_ 콩트 Comte 《긍정적인 철학의 교리문답 *Catechism of Positive Philosophy*》

09_ 파스칼 Pascal 《팡세 *Pensées*》

10_ 테일러 Taylor 《거룩한 삶과 죽음 *Holy Living and Dying*》

11_ 플라톤 Plato 《대화편 *Dialogues*》

12_ 크세노폰 Xenophon 《기억 *Memorabilia*》

13_ 케블 Keble 《그리스도 교회력 *Christian Year*》

14_ 데모스테네스 Demosthenes 《영관에 관하여 *De Corona*》

15_ 키케로 Cicero의 연설문

16_ 플루타르크 Plutarch 《영웅전 *Lives*》

17_ 데카르트 Descartes 《방법서설 *Discours sur la Methode*》

18_ 로크 Locke 《인간오성론 *On the Conduct of the Understanding*》

19_ 호머 Homer 《일리아스 *Iliad*》 《오디세이 *Odyssey*》

20_ 헤시오드 Hesiod 《노동과 나날 *Works and Days*》

21_ 조지 엘리엇George Eliot 《아담 비드 *Adam Bede*》

22_ 킹슬리Kingsley 《이봐! 서쪽이야 *Westward Ho!*》

23_ 버질Virgil 《라마야나 *Ramayana*》

24_ 대커리Thackeray 《펜더니스 *Pendennis*》

25_ 퍼두시Firdusi 《니벨룽겐의 반지 *Nibelungenlied*》

26_ 말로리Malory 《아서의 죽음 *Morte d'Arthur*》

27_ 에쉴러스Eschylus 《프로메테우스 *Prometheus*》

28_ 소포클레스Sophocles 《오이디푸스 *Edipus*》

29_ 유리피데스Euripides 《메디아 *Medea*》

30_ 아리스토파네스Aristophanes 《기사단과 구름 *The Knights and Clouds*》

31_ 호라티우스Horatius 《송가 *Odes*》《서간집 *Epistles*》

32_ 루크레티우스Lucretius 《사물의 본성에 관하여 *De rerum natura*》

33_ 초서Chaucer 《캔터베리 이야기 *Canterbury Tales*》

34_ 셰익스피어Shakespeare

35_ 밀턴Milton 《실낙원 *Paradise Lost*》《리시다스 *Lycidas*》

36_ 단테Dante 《신곡 *Divina Commedia*》

37_ 스펜서Spenser 《페어리 퀸 *Fairie Queen*》

38_ 드라이든Dryden의 시집

39_ 스코트Scott의 시집

40_ 워즈워스Wordsworth의 시집

41_ 사우디 Southey 《정복자 살라바 *Thalaba the Destroyer*》《케하마의 저주 *The Curse of Kehama*》

42_ 포프 Pope 《인간에 관하여 *Essay on Man*》《머리타래 강탈 *Rape of the Lock*》

43_ 번스 Burns의 시집

44_ 바이론 Byron 《해롤드 도련님 *Childe Harold*》

45_ 그레이 Gray의 시집

46_ 헤로도투스 Herodotus 《페르시아 전쟁사 *Historiae*》

47_ 크세노폰 Xenophon 《아나비시스 *Anabisis*》

48_ 투키디데스 Thucydides 《펠로폰네소스 전쟁사 *History of the Peloponnesian War*》

49_ 타키투스 Tacitus의 《게르마니아 *Germania*》

50_ 리비우스 Livy 《로마사 *Ab Urbe Condjta Libri*》

51_ 기본 Gibbon 《로마제국 쇠망사 *Decline and Fall*》

52_ 흄 Hume 《영국사 *History of England*》

53_ 그로테 Grote 《그리스의 역사 *History of Greece*》

54_ 칼라일 Carlyle 《프랑스 혁명 *French revolution*》

55_ 그린 Green 《영국인 약사 *Short History of the English People*》

56_ 루이스 Lewes 《철학사 *History of Philosophy*》

57_ 《아라비안나이트 *Arabian Nights*》

58_ 스위프트 Swift 《걸리버 여행기 *Gulliver's Travels*》

59_ 드 포 De Foe 《로빈슨 크루소 *Robinson Crusoe*》

60_ 골드스미스 Goldsmith 《웨이크필드의 목사 *Vicar of Wakefield*》

61_ 세르반테스 Cervantes 《돈 키호테 *Don Quixote*》

62_ 보스웰 Boswell 《존슨의 인생 *Life of Johnson*》

63_ 괴테 Goethe 《파우스트 *Faust*》《자서전 *Autobiography*》

64_ 칼라일 Carlyle 《과거와 현재 *Past and Present*》

65_ 쿡 Cook 《항해 *Voyages*》

66_ 훔볼트 Humboldt 《여행 *Travels*》

67_ 화이트 White 《세르본느 자연사 *Natural History of Selborne*》

68_ 다윈 Darwin 《종의 기원 *Origin of Species*》《박물학자의 여행 *Naturalist's Voyage*》

69_ 밀 Mill 《논리학 *Logic*》

70_ 볼테르 Voltaire 《자딕 *Zadig*》

신서 KI 974

행복한 철학자가 건네준
일곱 개의 포춘쿠키

원저자 | 존 러벅
옮긴이 | 윤영삼

1판 1쇄 인쇄 2007년 1월 20일
1판 1쇄 발행 2007년 1월 30일

펴낸이 | 김영곤
펴낸곳 | (주)북이십일 21세기북스
책임편집 | 박혜란
기획편집 | 김성수 류혜정 강선영 이정란 박교희 조기준
영업마케팅 | 안경찬 최창규 주현욱 한경일 유정희 정민영 배은하 황인영 정원지
본문 일러스트 | 이창희
디자인 | 미담

등록번호 | 제10호-1965호
등록일자 | 2000.5.6

주소 | 경기도 파주시 교하읍 문발리 파주출판문화정보산업단지 518-3
전화 | 031-955-2100(대표) 031-955-2441(기획 · 편집)
팩스 | 031-955-2122
E-mail | book21@book21.co.kr
http://www.book21.co.kr

값 8,500원
ISBN 978-89-509-1041-9 03840